汤姆·斯威夫特和他的巨型机器人

【英】维克多·阿普尔顿 II 文
燕锐锋 等图
刘庆双 等译

江西·南昌
江西科学技术出版社

图书在版编目（CIP）数据

汤姆·斯威夫特和他的巨型机器人 / (英) 维克多·阿普尔顿Ⅱ文；燕锐锋等图；刘庆双等译. -- 南昌：江西科学技术出版社, 2018.3（2024.1重印）
（汤姆·斯威夫特丛书）
ISBN 978-7-5390-5885-6

Ⅰ. ①汤… Ⅱ. ①维… ②燕… ③刘… Ⅲ. ①儿童故事 – 英国 – 现代 Ⅳ. ①I561.85

中国版本图书馆CIP数据核字(2017)第049479号

国际互联网(Internet)地址：http://www.jxkjcbs.com
选题序号：KX2016052
责任编辑：饶春垚

汤姆·斯威夫特和他的巨型机器人
TANGMU SIWEIFUTE HE TA DE JUXING JIQIREN

〔英〕维克多·阿普尔顿Ⅱ 文；
燕锐锋 等图；刘庆双 等译

出版发行	江西科学技术出版社
社址	南昌市蓼洲街2号附1号
	邮编：330009 电话：(0791)86623491 86639342(传真)
印刷	三河市嵩川印刷有限公司
经销	各地新华书店
开本	700mm×1000mm 1/16
字数	114千字
印张	11
版次	2018年3月第1版 2024年1月第2次印刷
书号	ISBN 978-7-5390-5885-6
定价	39.00元

赣版权登字-03-2017-60
版权所有 翻印必究
（赣科版图书凡属印装错误，可向承印厂调换）

前言 QIANYAN

人总是离不开阅读，特别是在现代化信息时代，阅读无疑更是我们难求的一片宁静港湾，让我们有机会去感受、去体悟、去反思、去认证我们的这个世界和未来的世界。

科幻小说是一种起源于近代西方的文学体裁，在尊重科学结论的基础上进行合理设想后形成的文学作品，具备"逻辑自洽""科学元素""人文思考"三个要素。科幻小说与一般的传统小说不同，其特殊性在于它与科学技术的发展有着直接的联系，能让读者间接了解到科学原理。但它又是一种文艺创作，它扎根于社会现实，反映社会现实中的矛盾和问题，在科学技术发展的方向上，提供若干有参考价值的预见。有时，某些科学发明尚未出现，科幻小说里则已经进行生动的描绘，如潜水艇、机器人和宇宙航行等。

著名文学评论家布哈伊·哈桑曾说，科幻小说可能在哲学上是天真的，在道德上是简单的，在美学上是有些主观的，或粗糙的，但就它最好的方面而言，它似乎触及了人类集体梦想的神经中枢，解放出我们人类这具机器中深藏的某些幻想。

阅读科幻小说至少让我们有如下的感受：

一、文学的轻松愉悦

科幻小说的主题非常明显，它会涉及"未来"和"未知"、"科学"和"规律"、"生命"和"文明"、"生存"和"冒险"等等，每一本科幻小说都是一个全新的世界，每一次阅读都是一段全新、充满惊喜的精神旅程。

二、科学与严谨的想象

爱因斯坦说过，想象力比知识更重要，因为知识是有限的，而想象力概括着世界上的一切，推动着进步，并且是知识进化的源泉。通过阅读科幻小说，感悟其中的想象力，在人文、哲理的思索上，在思想道德意识的增强上所起到的作用是潜移默化的、是发散性的，其威力是不可估量的。

三、引发科学与理性的思考

科幻小说中的"科学方法"是一种有系统地寻求知识的程序，涉及"问题的认知与表述""观察与实验搜集证据""假说的构成与测试"。简单地说就是一个科学理论要经过观察、解释、预测、确认、评估、发表的程序，才能从一个假设发展成原理。科幻小说的"理性思考"就是遵从客观规律、进行逻辑分析的思考方式。

《汤姆·斯威夫特》系列曾是国外流行的科普小说，书中很多的科幻内容今天都已经变成了现实，它曾影响了几代读者，它伴随了很多人的成长。现以中文出版此书，相信书中的情节与科学，也会给中国读者带来同样的快乐体验。

目录 MULU

第一章	幻影喷气式飞机	001
第二章	无头巨物	007
第三章	让人惊讶的指纹	018
第四章	吓人的鸟	024
第五章	难得的俘获	032
第六章	险象逃生	037
第七章	机器小丑	045
第八章	可疑的条件	054
第九章	发现秘密的X射线	061
第十章	没有出口的通道	065
第十一章	钢质的肌腱	073
第十二章	秘密录音机	079
第十三章	可疑的亚弗	086

第十四章	奇特的原住民故事	097
第十五章	残忍的试验	102
第十六章	秃鹫回来了	108
第十七章	被困在平顶山	113
第十八章	机器人坦尼斯	120
第十九章	看门人的坦白	127
第二十章	蒙面来者	132
第二十一章	双胞胎的麻烦	137
第二十二章	狡猾但还是失败了	144
第二十三章	火的考验	151
第二十四章	巨人间的对决	157
第二十五章	阿托尔的胜利	164

第一章 幻影喷气式飞机

"嗨,汤姆,不要那么紧张!我们只能承受这么大的重力加速度了,你不会不知道吧?"

"知道了,巴德。"

汤姆·斯威夫特的喷气式飞机正在俯冲,他在向后拉转向舵,飞机刚好从稀薄气层坠入到对流层,现在他开始把飞机的三角形机翼调整到水平状态。汤姆·斯威夫特这个十八岁的发明家微笑着看了一眼坐在他正后面的巴德,他这个朋友正喊叫着他不应该这样做。

"巴德,你怎么了?2100米你就受不了了?"

"是你下降的方式问题,汤姆,我的胃呀,就好像被留在了太空那里了。"

"这一切都是为了科学研究嘛。"汤姆边说边呵呵地笑着,他驾驶着飞机,划出了一个弧形,朝着肖普顿飞去。

巴德笑了,说:"汤姆,如果下一次为了你的巨型机器人来测试一个发明,要飞得这么高,那你为什么不把你那满头都是铆钉的家伙也带来呢?"

"你给我的机器人起这样的名字还好意思笑。"汤姆装出一副凶狠的样子吼了起来。

两个男孩头上的头盔显得很大，样子看起来很像橄榄球场上全副武装的后卫。

在这身飞行服的下面，他们完全是另一个样子，汤姆瘦瘦的高个子，金黄色的平头，当他扫视地平线时，深陷的眼睛里透出严肃的目光。巴德本身就是一个技术高超的飞行员，个子没有汤姆高，宽宽的肩膀，很像链球运动员，他的坦率就像只为乐趣而比赛的运动员。

"最坏的部分已经结束了。"汤姆通过麦克风说到，"但还不能解开安全带，在没有着陆前，我还得做一个俯冲。我得提醒你，下次飞得再高一些的时候，我们不会接触到更强的宇宙射线，这是测试分程传递器效果的最好办法。"

汤姆看了一眼漆成黑色的金属盒子，它上面有三个旋钮，里面有一个与他正在建造的巨型机器人相连的控制接收器。汤姆的机器人已经完成了一半，这个机器人将用来维护他爸爸新建的原子能电站，机器人将会在对人类有损伤的放射线区域工作，而分程传递器将会分程传递机器人工作所需要的无线电脉冲信号。

"你怎样看你的这个发明？汤姆。"巴德问到。

"不怎么好，我还得改进一些东西。在放射线特别强烈的地方，分程传递器会把乱码传给机器人的无线波。"

巴德笑了一下，说："你的意思是机器人先生不知道该怎么办了？他会发狂的吧？"

"是的。"

"那么，发明家男孩，下一步日程是什么呢？"

"再弄一弄分程传递器。"汤姆边说边把他的发明塞进控制面板的下面，以防它受到震动，然后把机头转向斯威夫特企业集

团机场方向。

他们的下方是肖普顿镇,一侧是斯威夫特建设公司的旧大楼,另一侧是新的实验楼群,初升的太阳照在实验楼的房顶上,闪闪发光。

"斯威夫特企业集团看起来太壮观了!"巴德说,"马上要解决分程传递器的问题,是不是也同样感到信心满满?"

"巴德,等我们着陆以后再说。"汤姆边向下看着边说。

此时巴德并没有看机场,而是看着远处的地平线上突然出现了一个黑点,这个黑点正在跟随着他们。

"在三点钟的位置上有一个东西正在接近我们。"他说,"这东西太小了,不太可能是飞机。"

这个黑点很快就变大了。

"这是一只鸟。"巴德兴奋地说,"是一只黑色的乌鸦。"

为了避开这只鸟,汤姆让飞机爬升了几百米,然后减速。这个鸟在他的下面飞行,汤姆说:"这东西不太像乌鸦,因为它比鹰还要大。"

"但这一定是乌鸦。"巴德大声地说。

汤姆又看了一眼,屏住了呼吸。这只鸟非常大,外形和乌鸦是一样的,但比秃鹫还要大很多。这只鸟给人一种不祥之感,它在天空滑翔着,然后盘旋起来。

"我们再靠近一些看看。"巴德说。

"我还不能确定这样做是否安全。"汤姆有些担心地回答,"这只鸟可能会受到惊吓,撞击我们的操作舵面。"

汤姆倾斜机身飞开了,但是这只鸟却离飞机更近了。

"我得给这只鸟照张相。"巴德一边从降落伞的系带中抽出手臂，一边从前面的储物舱中取出相机，"汤姆，说不定还能得一个摄影奖，把它对到慢速瞄准圈里，保持跟踪瞄准。"

"现在它已经跟踪好了。"汤姆笑了一下回答。

作为年轻的科学家，精良的飞行技术是他应具备的能力之一。巴德知道，汤姆控制飞机平稳的水平，能够达到如同飞机停在跑道的水平。

巴德又松了一下降落伞，看着取景窗，对准乌鸦调好焦距。就在他正要按动快门的时候，飞机突然剧烈摇晃起来，他的头撞在了舱棚上。

他大叫了起来："出什么事儿了？"

汤姆的额头不安地皱了起来："飞机失控了，巴德，我们一定是撞到了飞机了。"

他重新检查飞机的自动水平仪，此时的飞机不停地混乱翻滚、侧滑。

"嗨，这是？"巴德不停地叫着，只有吸气的时候才能略停一下。

汤姆慌张地忙碌着："控制系统没有反应，巴德，我们得向上爬。"

他向后拉转向舵，但是飞机的高度仍不上升，而是慢慢地转了一个方向，开始朝肖普顿镇相反的方向飞去。

"我的感觉是飞机在按照某个设定的航程飞行！"汤姆喊了起来，飞机的这种怪异行为把他弄懵了。

汤姆拼命地控制飞机，他收小了油门，但飞机还在提速，他想俯冲，可飞机却向上爬行。

"我的老天呀！"巴德大叫着，"出什么事儿了？"

"我正在想办法弄明白它。"汤姆半开玩笑地回答,"坐好了!"

汤姆用尽了自己的所有飞行技术想控制飞机,可飞机根本不听他的。

"你能让它降落吗?"巴德着急地问。

"不能,有什么东西已经破坏了我们的控制系统。"汤姆说,"但我们还有一个机会,我可以让它熄火,靠滑翔飞行。"

汤姆弯下腰,拉动连动手柄,机翼慢慢地张开,飞机开始减速。但很快飞机就像是让这个动作给触怒了一样,开始尾旋,不停地旋转着向下坠落。

"巴德!"汤姆大喊一声,"跳伞!"

巴德赶紧系好刚才在为取相机而松开的降落伞绳索。

与此同时,汤姆想快速打开驾驶舱门,但舱门好像也是受着奇怪力量的控制。在他们的下面,地面正在发疯似的旋转着,黄绿相间的地面越来越近。

汤姆抓紧时间,拉断连接舱门的电缆,把它和另一个电线做了短路处理。驾驶舱内噼啪着闪着火花,地板上的舱门终于打开了。座位弹出器自动启动,先是汤姆,然后是巴德,被向后下方猛投出去。

汤姆数着数,拉开了降落伞的开降绳,拉着吊伞索,他开始在空中转过身来,寻找他的朋友。

在他下面的天空空荡荡的,汤姆在离几百米的地方看到了巴德和他几乎是同样的高度。巴德朝他挥手,示意他一切都好。

"谢天谢地!"汤姆大吸一口气,扫视一圈寻找飞机,自言自语地说,"我真的不想看到它坠毁的样子,我的分程传递器也就这样完蛋了。"

一个呼啸声打断了他的思绪,汤姆向下一看,惊讶地发现奇迹发生了。

他的尾旋飞机调整好自己,在无人驾驶的情况下调整航向,飞离了肖普顿镇。

第二章　无头巨物

他们的降落伞随风飘荡着,汤姆和巴德惊讶地看着没有人驾驶的飞机向远处飞去,那只黑色的大乌鸦正在靠近飞机,与它并列飞行。

"我要是能追上它该有多好呀!"汤姆沮丧地想,"但我得拍几张照片。"

他快速地从降落伞的备品囊中取出可拆装相机和一个小型的双向无线电发射器,这个发射器采用斯威夫特企业集团控制塔的频率。

他给相机安好了镜头,趁现在还能拍到,快速地拍下了两张飞机和鸟的照片。现在他打开了无线电发射器,很快对方就有了回应。

"请尽快把这个信息转给斯利姆·戴维斯。"汤姆对地面控制塔的接线员说。斯利姆在操控高速飞行器方面相当有水平,很多紧急情况下,他都能表现出超凡的能力。

汤姆迅速向塔台的工作人员汇报了刚才发生的奇怪事件,汤姆说:"我希望斯利姆去寻找这个飞机,飞机是朝西飞走的,飞机上还有一件我的发明,我真的不舍得把这个东西弄丢了。"

"一个幽灵飞行器!"接线员大声说,"收到,我会马上给

斯利姆打电话。"

几秒钟后，汤姆落到地面上，轻松地做了一个空翻，把降落伞折好。巴德带着自己叠好的降落伞走了过来，汤姆正在给塔台发送无线电信息，请求来接他们。

巴德大声地说："这是一件太奇怪的事情了！开始时我认为飞机的控制系统坏了，可后来它还能从尾旋状态再次拉升起来飞走！"

"一定是有什么东西要弄走我们的飞机，但不需要我们。"汤姆回答说，"否则的话，为什么让我们离开飞机？"

"在这一点上你非常正确，对了，这个小插曲你拍下了多少照片？"

"只抓拍到了几个场面，不知道这些抓拍的照片能有多少价值？"巴德说，"让我感到奇怪的是那只乌鸦，你认为它与劫持飞机这件事有什么关系吗？"

汤姆若有所思地看着天空："眼下看，还不知道有什么关系。"

没过多久，一辆吉普车来了，开车的司机是莫顿，接他们去肖普顿镇。路上的时候，他们问莫顿车载短波无线电里是否有斯利姆·戴维斯的消息。

"什么都没有。"莫顿回答说，"我来的时候一直没有他的消息。"

他们到达斯威夫特企业集团院内后，汤姆和巴德直接来到他和爸爸共用的大办公室，他们看到斯威夫特先生正在里面，这让他们有些惊讶。

"爸爸！"汤姆大喊了一声并朝爸爸走去，"你回来就好。"

斯威夫特先生刚从美国西部的在建原子能电站回来，这位年长的科学家有很多的发明和发现，这也给他带来了很多奇遇。斯威夫特先生和他1.8米高的儿子相比略矮一些，但父子两人长得非常相像。

斯威夫特先生和两位年轻人握手后说："我听说你们的飞机自己飞走了，这是怎么回事儿？"

汤姆向爸爸简要地介绍了这次神奇的插曲，巴德在隔壁的暗室冲洗胶片。巴德带着做好的幻灯片出来后，汤姆说："我把这些幻灯片放到幻灯机里。"他说着走到自己的办公桌前，按下电钮。这时，一个屏幕在对面的墙面上慢慢落下来，百叶窗帘也同时落了下来，室内的光线暗了。汤姆把两张幻灯片放进了幻灯机，打开小夜灯。

"第一张照片。"汤姆信心十足地说道，但马上又停了下来。背景是天空的这张照片映在屏幕上看起来很不清晰，而且焦距也没有调好。"嗯，这张照片没有什么用途。"汤姆小声地说着翻到了下一张幻灯片。

"下一张是乌鸦的近照。"巴德说。

近景抓拍的这只乌鸦非常清晰，占据了整个画面，三个人都倒吸一口气。汤姆说："这不是一只鸟！"

"当然不是。"斯威夫特先生肯定地说，"这些根本不是羽毛，看上去很像喷管，这是外形设计成乌鸦的一种导弹。"

三个人分析完这张照片后，汤姆关上了幻灯机，并调整了室内的光线。

第二章 无头巨物

"也许这是一个导航机器人。"汤姆若有所思地说完,打了一个响指,"你认为这东西会是从我们宇宙的朋友那里飞来的吗?"

汤姆说的是外太空的神秘生物。不久前,这种生物发射了一个很像陨石的物体,落在了斯威夫特企业集团的院子里。物体上面有很多几何图形,汤姆和爸爸把这些内容翻译了出来,基于这些材料,他们又编写了词典。他们在汤姆的火箭飞船上向宇宙发出信息,还在示波器上收到了回信。

"也可能是他们用地球上鸟类的外形向地球发射了一种导弹,这样就不会吓到地球上的人类了。"巴德猜测说。

斯威夫特先生摇摇头:"我认为我们应该和他们先联系一下,但是马上给他们发信息会让他们很不舒服。"

"我希望他们正好能接收到我们的电波。"汤姆边说边打开示波器,先发出一个小圈,然后一个大圈,最后是一些钩在一起的三角形——这是宇宙生物所使用的辨识码。汤姆发送很多符号,问他们这种奇怪的鸟是不是他们的。

巴德和斯威夫特父子焦急地等待着回音,接下来的几分钟内,示波器上什么都没有。又等了一会,示波器上面出现了一连串的绿色数学符号。

斯威夫特父子还没来得及解码这些符号,特伦特小姐——他们的秘书——打来电话说:"斯威夫特先生需要打一个长途电话。"斯威夫特先生把设备上的开关拨向非本地呼叫模式。

巴德凑到汤姆跟前小声说:"他们说什么呢?"

"请稍等,哥们。"汤姆快速浏览着他的星际词典,他已经熟记了很多的符号组合,不用查词典就能够把整段的内容译完,但这一次他遇到几个生词，所以他要确定一下翻译得是否正确。信息发送完毕后，汤姆快速地记录下一些东西。

"这有些奇怪。"他说。语气中带有一些担忧。

"噢，万能的男孩！"巴德大声说，"他们都说了什么？"

"那只乌鸦不是他们的。巴德，我们的宇宙朋友对此一无所知。"

"说这么点儿事用这么长的时间？"

汤姆笑了一下："不是的，巴德。他们说他们在等着我们发出指示，告诉他们怎样穿过地球的大气层，同时确保没有生命危险。"

斯威夫特先生放下电话说："只有他们告诉我们，他们的身体结构后，我们才可能告诉这些宇宙人怎样才能来到我们这里做客。"

"我已经问过他们几次了。"汤姆说，"可能他们没有弄明白我们的意图。眼下我有一个更重要的事情——他们的回复告诉我们，那个乌鸦飞行器来自地球。"

"这只乌鸦可能携带某种能启动自动驾驶的信号发射器。"斯威夫特先生说。

巴德有些搞糊涂了，搔着头皮说："我不太明白这是什么意思？"

汤姆阴沉着脸："我估计有人要偷我的巨型机器人的秘密了，那个人非常可能已经把分程传递器弄到手了！"

桌上的蜂鸣器响了，特伦特小姐报告说："斯利姆·戴维斯在空中没有找到丢失的飞机，正在返回肖普顿镇。"汤姆有些失望，此事变得更加神秘了。

第二章 无头巨物

"我得亲自去找了。"他一本正经地说,"巴德,我们走!"

"不要那么着急。"他爸爸说。

"我们必须得找,爸爸。"

两个年轻的飞行员快步走开了,很快飞到了天空。巴德向周围804千米内的所有机场发出信号,询问是否有飞机降落,但每个机场的回复都是否定的。

汤姆让自己的小飞机在天空滑翔着,在他的环形路线上,遇到好多架飞机,但没有那架丢失的飞机。这真让人失望,他们只好飞回肖普顿镇。

"说不清到底发生了什么事情。"巴德下结论似的说,"可能飞机爆炸了!"

汤姆点头同意,把飞机平稳地降落下来,缓缓滑向飞机库。

两个年轻人从飞机库中走了出来,汤姆说:"如果情况真是这样的,分程传递器就再也找不回来了。"

"我真想知道这只乌鸦是从哪里来的。"巴德说,"我去那边的无线电发射塔看那个新的发射器。"

汤姆快速地回到了自己的办公室,斯威夫特先生正在对着自己的录音机讲话。汤姆知道这是爸爸在做原子能电站的阶段报告。

汤姆在等待爸爸做报告的时候,环视着这个宽敞而明亮的房间:爸爸办公桌后面挂着一幅画,画里画的是他年轻时去过的一个遥远的地方,在他旁边是一个巨大的玻璃驾驶舱,里面有一艘青铜做的飞船、一台大的探照灯、一辆坦克和一台小型的摩托车。

汤姆桌子旁边有一个架子，上面放一艘等比例缩小的喷气式潜艇，叫作"海底飞镖"，他们曾经坐着它追赶加勒比海盗。这个原子能潜水艇是由汉德森用塑料手工制作而成的，汉德森是斯威夫特企业集团模型制作的负责人。

旁边是汉德森制作的火箭模型，有三个红色的尾翼支撑模型。汤姆和巴德曾经乘坐这个火箭参加过宇宙比赛。他的桌子上还摆着一个巨大的模型，也是他最喜欢的一个模型，是他飞行实验室的银质模型。

"汤姆，你们的进展如何？"斯威夫特先生问道，顺手关上了录音机。

"飞机是彻底消失了，爸爸。如果是降落到地面，一定藏得很隐秘。"

斯威夫特先生走到汤姆身边，把一只手放在他的肩上，说："不要让这个怪异的事情占据你所有的时间。我很快就需要那个巨型机器人，机器人的进展怎么样？"

"他还是没有脑袋呐。"汤姆笑了一下，"但是他的脖子以下已经很好用了，你想看一下吗？"

"我们去看看吧。"

斯威夫特先生跟着儿子进了走廊，上了传送带这个可运动的地板把他们快速送到了实验主楼。他们进入了汤姆的冶金和电子实验室。实验室里面到处都是电动机、工作台和车床。那个和人非常相似的巨型机器人就在实验室的一个角落。

虽然没有头，但这个闪亮的银灰色机器人足有2.1米高，他的名字叫托马塞特。除了关节外，托马塞特所有的部分都是用塑料

做成的。

"我想,发射和接收天线应该在他的头上吧?"斯威夫特先生说。

"和电视'眼睛'、无线电'耳朵'一起都装在头上,给他装上头以后就可以实现遥控了。"汤姆从机器人脖子后面伸出来一根电缆,电缆连到墙上的控制板上。汤姆指着这条电缆说:"眼下我只能采用直接控制和监控的方法。"

"你的巨型机器人现在都能做什么?"斯威夫特先生问。

"行走,还可以用他的手做所有的事情,想看他给针穿线不?"

斯威夫特先生笑了:"我还是更想看他走路的样子。"

"好的,马上就开始。"汤姆在控制板上设定了"走路",把一个用来控制手臂运动的打孔卡带塞进控制板。汤姆解释说:"这个打孔的卡带专门用于机器人不同的活动或运动,原理和自动钢琴演奏卷轴一样。"

年轻发明家转动钥匙,接通机器人内部的分程传递电路。机器人发出了嗡嗡声,同时他的身体闪出不同颜色的亮光。

斯威夫特先生都要笑翻了:"这简直是灯光表演了,这有什么用呢?"

"我在关节上安上了不同的灯泡,这样我就能知道电路是怎样工作的。"汤姆一边关掉了实验室的灯光一边解释。

斯威夫特先生还在笑着:"他看起来有些像圣诞树。"

"但有谁见过会走路的圣诞树了?"汤姆也笑了,"快看这个!"

汤姆在控制板上转动了"走路控制调节钮"几个卡槽的开关。机器人慢慢地抬起右脚向前迈去，停了一下，落在地面上，发出嘎吱一声。控制面板上的存贮卡带将信号传到另一只脚上，这只脚向前挪动，刚好保持身体平衡。机器人一步一步地向前走去。

汤姆提高了前进的速度，机器人的运动速度越来越快。

"小心！"斯威夫特先生提示说，"机器人走得有些太快了。"

汤姆笑呵呵地说："如果他走的速度超过了控制面板设定的水平，减速阀会自动让他慢下来的。"

机器人几乎是跑了起来。

"汤姆，我看他要进到那个真空炉里了！"斯威夫特先生警告说。

汤姆大笑起来，快速地打开了转身的开关，巨型机器人停了下来。

斯威夫特先生松了一口气，但是机器人向关着的走廊门走去，速度同样非常快。斯威夫特先生屏住呼吸，而汤姆确显得很自信。

汤姆动作很快，他把一个特殊活动打孔卡带塞进控制板。机器人停了下来，举起右臂，伸出手来，找到门的把手，慢慢地转动把手，并向前一步，推开门。手臂动作结束，机器人停了下来。

"看看机器人做的这些动作，一点错误都没有。"汤姆说

着，朝门跑去，把一段12厘米的管子放在门口。

机器人的灯泡闪亮着，缓缓地弯下身体，非常自如地跨过管子，走进了静静的走廊。

突然，汤姆和爸爸听到走廊里传来一个奇怪的尖叫声。

第三章　让人惊讶的指纹

"快点！汤姆，把机器停下来！"斯威夫特先生大喊着。

汤姆发疯一样地关上了控制面板的开关，机器人停在那里不动了。汤姆和斯威夫特先生冲到了机器人的前面，他们看到一个人呆呆地站在那里，嘴张得很大。

"我可怜的小小的西弗吉尼亚呀！"他大叫着，"我觉得好像有一个德克萨斯牧场上的鬼要来抓我了！"

"乔！"汤姆大声说，脸上露出放松的笑容，"原来是你这个丛林狼大厨师！什么时候进城的？"

"刚刚进城，我想不起来你是否吃过丛林狼肉片了，汤姆·斯威夫特！"

乔·温克勒矮墩墩的，曾经做过流动炊事车上的厨师，料理过飞行实验室的厨房，参加过很多次汤姆的旅行。乔用一条红色手帕擦着额头上的汗水。"哎哟！"他说，"兄弟我还没有登上你们的传送带，就已经吓得半死了。"

"这样说来你还没见到汤姆的巨型机器人吧？"斯威夫特先生说，"你最近到哪儿去了？"

"去农场见那里的朋友了。如果我知道在这里会遇到这个怪物，我宁愿还是和那些朋友在一起。汤姆，这是什么东西呀？"

第三章 让人惊讶的指纹

"这是机器人,他的运动功能与人一样。"汤姆解释说,"只有一点不同,我的这个机器人可以在有害人类健康的地方工作。"

乔小心翼翼地走到机器人身边。"汤姆,这听起来真的不错。"看着这个巨型的怪物,他说,"还好,我用不着给这个家伙做饭吃。我说呀,你们明年可以弄一个这样的家伙,送到我老家,我的那些朋友一定能用这个机器人套动物或给动物打烙印。"

"我会做得比这些还要好,乔。"汤姆笑着说,"我要是弄一个送到西部,你觉得如何?我把控制面板做好,小马蹄一定踢不到他的!"

"这可得好好地感谢你,汤姆。"乔笑嘻嘻地说,"跟你说件事儿,他也可以穿上我的红黄格子衬衫,这样看起来更加有修养。"

"但我得先给他安上头。"汤姆说,"我可不想吓坏你的那些牛仔朋友。"

"我说呀,我敢赌一只小的土拨鼠,你们还没有吃午饭吧,弄一个响尾蛇汤什么样?"他开玩笑地说。

"不用了,谢谢。"汤姆说,"我宁可让一个新的思路给咬一口,思路对我来说更有用!"

"我想我能做出所有的饭菜,就是做不出来一个思路!"乔挥手和两位科学家道别,进了私人实验室的厨房。厨房里,他才是一个自豪的主人。

乔正在厨房里准备丰盛的午餐,有汉堡和洋葱。斯威夫特父子继续研究机器人。吃过午饭,两个科学家就各干各的事儿了,斯威夫特先生进了自己的办公室,汤姆留在实验室里设计他的分程传递器。

到了六点钟的时候，汤姆来到了办公室，发现爸爸已经回家了。这时，巴德急匆匆地来到了办公室。

他兴奋地说："我有消息了！斯利姆还是找到了飞机，他开着吉普车地毯式地搜索了这个地区，发现飞机藏在树林里，离这里有16千米。"

汤姆抓起他的双向短波无线电，马上与斯利姆通话，了解飞机在树林中的精确位置。

"我会马上带一些人过去的。"汤姆告诉他，"在附近等待着，不要接近它，防止有陷阱。"

汤姆关掉了无线电，给菲尔·拉德纳打了电话，他是企业集团的安保主任。拉德纳说自己会组织一些可靠的人，在门口等着他们两个年轻人一起出发。

很快他们组成了一个机动车队，快速但小心地开上肖普顿镇外的高速公路。汤姆和巴德坐在最前面的车里，坐在他们身后的是拉德纳和一个保卫人员。这两个人警觉性好，能够随时采用任何行动。第二辆车里是一些机器设备和实验人员。后面的是一辆大卡车，拖着一辆飞机牵引车。这辆大型扁平的卡车上面可以拖走一架卸下机翼的飞机。

这个车队快速驶下高速公路，进入了一个窄小而颠簸的土路。路的两侧长满了树木，树枝相互交错在一起。车队减慢了速度，车灯穿透即将到来的黄昏，沿着弯曲的土路前行。

车队停下后，一直在暗处等着的斯利姆带着两个男孩和保卫人员步行穿过树林，来到了一个窄长的空地。空地的远处可以看到汤姆的飞机。飞机的前端位于两棵大树中间，两棵树的树枝非常茂密。汤姆朝着右机翼跑去。他小心地来到飞机上方，用手电

向里面照着，里面没有人。

"驾驶舱舱门还开着，我要进去。"汤姆说。他打开飞机的舱门，进到飞机里面，巴德跟在后面。他们快速地扫视了一圈，发现没有任何损坏的地方，但是分程传递器不见了。

"被偷走了！"汤姆严肃地说。

"会不会是掉在哪里了？"巴德还抱有希望地说。

"不可能，我打赌一定是那个操纵'乌鸦'的人把它拿走了。"

巴德还有些不相信："但谁会想要分程传递器呢，汤姆？"

"我不知道呀，巴德，但我一定要找到它！拉德纳可能会带指纹箱来，我们可以用一下。"

汤姆叫安保主任过来，并问他是否带了指纹箱。拉德纳回答说："是的，我们带了，我去取过来。"

拉德纳回来后，在飞机驾驶舱的内部和机身的某些地方撒上测试粉末，这里显露出很多的指纹。

"毫无疑问，这些指纹有些是你们两个男孩的。"他说，"但还有一些不同的指纹，我们把这些记录下来。"

取过指纹后，拉德纳说："我们回去把这些指纹与工厂的存档进行比较，检测不到的指纹转给当地警方，如果他们解决不了，我们会马上把这些指纹送到华盛顿做鉴定。"

菲尔·拉德纳快速地返回工厂，汤姆和巴德留下来组织拖走飞机。首先，大家用电锯把树砍断，开出一条道路，这样拖车才可能进来。完成这些工作后，他们把卡车开了进来，然后开始卸载飞机的机翼，最后把所有的东西都装上卡车，飞机也运回到斯威夫特企业集团的停机坪上。

汤姆和巴德马上开始检查发动机、电缆和电器设备，没有找到任何与这个神秘劫持有关的线索。

"只有一个机会能找到是谁做了这件事。"汤姆说。

"什么机会？"

"指纹。"

巴德猜测说："指纹的结果很可能会是一些科学怪人，比如你原来抓住的那些国际间谍。"

年轻的发明家耸了耸肩，还没等他回答，巴德就说话了："你知道现在几点了？已经是晚上九点钟了，我们还没有吃晚饭！我们得回家了，我的天才科学家，我们得给你的大脑补充营养了。"

"好吧。"

汤姆开车把巴德放在他的姨妈那里。巴德一直住在姨妈家，他的父母住在U城。汤姆把车停进家里的车库时遇到了妹妹桑迪。她刚好从斯威夫特家里的狗房子回来，家里养了两只非常好的猎犬。

"嗨，妹妹！晚饭吃什么呀？"汤姆说。

"你的意思是我们晚饭吃过什么吗？汤姆。我们吃的是牛排和炸薯条。"桑迪说。她比汤姆小一岁。桑迪笑着说："我给你弄些吃的吧。"

"谢谢好妹妹，你这是救我的命了，哎哟，我都要饿死了！"

他们一起走进了房子，汤姆先跟漂亮的妈妈打了个招呼，妈妈和爸爸都在客厅里。

"不好意思，回来晚了。"汤姆说。

斯威夫特夫人笑着说："我知道你的事了，亲爱的。你爸爸说你可能又出去找飞机了。"

"是的，我是出去找飞机了。"汤姆说。

第三章 让人惊讶的指纹

"结果怎么样?"斯威夫特先生从正在阅读的一些材料中抬起头来问道。

他们听着儿子讲述了经过,很是惊讶。汤姆最后说:"飞机本身没有受到损坏,但是分程传递器丢了,我们撒上粉末取了指纹……"

"噢,我说呀。"桑迪刚好从厨房进来,打断他们的谈话,"菲尔·拉德纳刚才打来视频电话,他想和你谈一下指纹鉴定的事儿。他说非常着急,所以我告诉他,你一回来就马上给他回电话。"

汤姆向私人直通可视电话走去,这个电话用同轴线通到工厂。汤姆等待主楼终端的接线员在一个很大的电缆板上把电话接通,这里连接着公司越洋私人可视网络。这时,拉德纳出现在屏幕上了。他看来很兴奋,但也很疲倦。

"拉德纳,什么情况?"汤姆问。

"我从警方那里得到报告,指纹为一名联邦在逃犯。"

"什么!"

"他是毕金团伙的'闪电'鲁登斯。"

"对,是毕金团伙!"汤姆有些激动地说,"他们抢劫过银行,仍在逃。他们头脑灵活,非常可怕。"

"他只是其中一个。"拉德纳说,"另外还有两名成员,一个是'滑头'斯特克,另一个是'钢钉'佐尔坦。"

汤姆这下子被彻底弄懵了。"拉德纳,"他慢慢地说,"他们要我们的分程传递器能做什么呢?"

第四章　吓人的鸟

　　一大清早，不只是斯威夫特一家人，而是整个企业集团的所有部门，都在谈论着这样的一条消息：一个有名的抢劫犯，或许还有他的同伙，现在与汤姆为敌。

　　年轻的科学家在他的办公室里正在和巴德、拉德纳，还有年轻的哈伦·艾姆斯开会。哈伦·艾姆斯是工厂安全部的主任。大家正在看肖普顿镇警方提供的毕金团伙的放大照片。

　　"这群人看起来不怎么样。"艾姆斯说，"但他们聪明的伎俩让他们成功了。"

　　拉德纳苦着脸地说："根据报告，毕金团伙作案改变了方向——好像不再舞枪弄棒了，而是搞起了科学研究。他们把自己称为地下世界的科学家先生。"

　　拉德纳指着一张照片说："这个高个子黑皮肤的家伙，叫'闪电'鲁登斯，是三人团伙的头儿，对电子很内行。"

　　汤姆正在仔细看着这个家伙的脸。巴德突然说，"请大家看一下'闪电'的头发，好像是涂了石膏！"

　　"这有他的道理。"艾姆斯说，"他的头上有一条锯齿一样的伤疤，几乎有脸那么长。"

　　"其他的两个人是什么情况？"汤姆问。

　　"'钢钉'佐尔坦就是这个矮个子、黄头发的家伙，过去

第四章 吓人的鸟

专门抢劫银行。"艾姆斯接着说,"有一天,他正从银行撤出,手里拿着手枪,一辆装甲车突然停了下来,卫兵突然开火。佐尔坦的脊柱被子弹击中,现在他的脊柱上还有两枚钢钉,于是他就有了这个绰号。"

"这个黑头发留胡子的家伙。"拉德纳接着讲,"是'滑头'斯特克——他是从坏蛋堆里爬出来的。"

艾姆斯点了一下头:"这些人中属斯特克最为凶狠。"

汤姆从椅子上站了起来,严肃地说:"我现在有些理清了,毕金这些人变成了科学家,比抢劫银行更加可怕。"

艾姆斯表情同样严肃:"我担心你是对的,汤姆。"

"'闪电'鲁登斯是他们的大脑,负责设计。另两个家伙靠向其他歹徒出卖科学情报和设备挣钱。"

"这就是他们的勾当。"巴德说,"但我还是想不出来,他们为什么要偷分程传递器。"

谁都回答不上这个问题,汤姆简洁地说:"我们得尽快弄明白这个事情。"

"好的,哥们。"巴德回答说,"我们从哪里开始?"

"先找到那只机器乌鸦。"汤姆回答说,"如果我们确定有远程控制,我们就能够跟踪控制波束,找到他们的操纵总部。巴德,我们现在出发。"说着他走向办公室的门口。"如果没有别的事情,"他对艾姆斯和拉德纳说,"我们就用飞机库里的蓝天女王。"

"好的,"艾姆斯说,"我马上启动工厂的安全网络。"

两个男孩快速地朝飞行实验室的巨型地下飞机库走去。巴德说:"这样说来,我们要驾驶蓝天女王找乌鸦了。"

"是的，我想要在我们受到攻击的地区做一个侦察飞行。"

"不管是谁在操纵这只乌鸦，都不可能派乌鸦出来和飞行实验室做对。"巴德说。

"我想我们能确定这些人。"

"怎么确定？"

"把我们的一个机器人模型放在飞机上——一个工作模型，他们绝不会放弃劫持这个机器人的机会的。"

"一个机器人诱饵？"巴德大笑了起来，马上又变得严肃起来，"但是，你想冒着飞行实验室被劫持的风险吗？千万别像那个喷气飞机一样。"

"托马塞特的表层可以防止任何遥控，我敢肯定。"

汤姆发出指令，让蓝天女王从飞机库中行驶出来，让她正式露面，也以此告诫敌人。几分钟后大家开始行动起来，身穿灰色工作服的工人们在巨大的飞机库中忙活了起来。很快，随着水压升降机的轰鸣，飞机库的棚顶分成两半，分别滑入两侧的墙体，深处的地面向上升起，升到了与混凝土的地面水平的位置。

人们先看到的是一个巨大的光滑的固定翼，然后看到了巨大的机身和机翼。一架大的飞机展现在地平面上，稳稳地停在它的三轮推举器上。

"这些可真精彩呀！"巴德说。

汤姆看了一眼天空，在可见的范围内没有发现飞机，他希望自己的计划能成功。

"我们去取那个小机器人吧。"汤姆告诉巴德。

两个男孩离开的路上遇到了乔，他们问他想不想和他们一起去看看模型部做的小机器人。汤姆告诉他，每个机器人都有一个

第四章 吓人的鸟

与巨型机器人相关的试验功能。

"我认为我能接受这个机器人。"乔咧开嘴笑了,"对于无线电来说,可能小机器人比巨型机器人更有用。"

三个人来到了实验楼的一个配楼,配楼是专门用来制造模型的。他们来到了汉德森的办公室,此人身高1.8米,体型结实,是这个部门的一把手。汉德森坐在转椅上转过身来。"喂。"他说,"进来把门关上,乔。今天这里比锅炉厂还要吵。"

汤姆迅速地解释了自己的计划,他要把这个能行走的机器人搬到蓝天女王上去,做一次诱饵。

"但愿这个计划可行。"汉德森说,"汤姆,你一定多加小心,毕金这个团伙防不胜防!"

汉德森带着他们进到了一间屋子,里面有一些小型的机器人。

乔大吸了一口凉气。"我的天呀,我那些可怜的马戏团杂耍!"他大喊着,"这些小矮人跟真的差不多,只是他们的头像个盒子!"

"等一会儿你就能看到他们工作的样子了。"巴德说,"展示一下怎么样?汉德森。"

汉德森来到一个控制面板前,一个接一个地拨动旋钮,这些小机器人马上开始活动起来。一个机器人开始走动;另一个抬起手臂后又放了下来;还有一个头左右摆动着,还能转成完整的一圈。

乔看傻眼了,眼睛瞪得大大的,他怀疑地喊着:"你们也没给他们上弦吧。"

"不用上弦,他们是用无线电控制的。"汤姆回答说。

"顺便说一句,汉德森,我想带上一个飞行实验室的便携控制板,用它来操纵沃尔特,就是这个行走的机器人。"

汉德森答应说当天下午四点钟之前把一切都准备好。汤姆说他亲自来取沃尔特和控制面板。

汤姆的下一站是企业集团无线电站,他在这里和乔治·迪林经理谈了很长的时间。

他们决定采用三角测量方法,安排迪林和他的助手驾驶两辆无线电跟踪卡车,分别开到距肖普顿镇160千米以外的两个地方。两辆车上配有高频信号测量仪,跟踪任何可能发给乌鸦的指令源。另外一个操作员将留在企业集团塔中,这里作为第三个测量点。

"我和史密斯马上出发。"迪林说,"这样算来,等你们升空后,我们就能到达指定地点。"

汤姆决定先回家吃午饭,下午对飞机再做最后一次检查。他邀请巴德到他家一起吃饭,两个年轻人离开了企业集团大院。他们大步走在行人稀少的路上,路两边都是树木。巴德突然兴奋地指着前面:"那棵树上落着的不是那只乌鸦吗?"

汤姆大吃一惊,顺着巴德手指的方向看去,有一只黑鸟,落在不远处的一棵树上。

"它是窝里的乌鸦还是某个实验室的乌鸦呢?"汤姆也来了兴趣问道。"离得这么远,看不清楚。"他向天上看了一眼后接着说,"到目前为止,比我们原来看到的那只乌鸦小一些,据我们所知,不同的乌鸦体形大小也有很大的不同。"

"几分钟我就能弄明白,汤姆。"巴德小声说。

"你想干什么?"

"记不记得上学时我在学鸟叫比赛中得过二等奖？"

汤姆有些半信半疑。

"我是认真的，汤姆，等着瞧吧。"

巴德把头扬起来，捧起双手放在嘴的前面，发出粗闷的叫声："嘎，嘎，嘎！"那只乌鸦昂起头四处看着，巴德又"嘎"了几声，那只乌鸦伸长了脖子想见见它的同类。

巴德又"嘎"了起来，那只乌鸦也叫了起来，好像是愤怒地骂声。

汤姆笑得弯下了腰："这回你得你第一了，巴德。"

吃过午饭，两个年轻人准备回斯威夫特企业集团。汤姆告诉家里人他下午的计划，妈妈告诉他不要冒险，桑迪调皮地补充说："鉴于你们只是寻找一只乌鸦，我就不去了，如果去很远的地方，可得算我一个。"

"好的，桑迪。我们首先得确保你不是遥控的目标才能带你去。"桑迪做了一个鬼脸，巴德接着说，"不管怎么样，我都会带你去的，你是最漂亮的诱饵！"

两个年轻人要去工厂了，桑迪笑着和他们挥手告别。出发前两个小时，汤姆仔细地检查了飞行实验里的所有设备，最后又检查了一架停在蓝天女王中的无人驾驶飞机。

这是一架无人驾驶飞机，机头的形状像长矛，配有强加的强行迫降器，能俘获入侵的飞机，并通过无线电控制实现对其操纵。汤姆曾经使用这样的机群来保护费林岛火箭基地。现在他想用这种无人驾驶飞机俘获那只乌鸦，如果可能，他希望他的发明比那只神秘的机械鸟有更大的威力。

下一步，汤姆去取能够给小型行走机器人发布命令的便携控制面板。把这个东西放在飞行实验室后,在他去取沃尔特时,他注意到在工厂的上方有一架飞机高速飞了过去。

"我希望'闪电'鲁登斯就在那架飞机里面。"汤姆自言自语地说,"还希望他会很快回来。"

汉德森在他的办公室门口见到了他,他们已经把小型行走机器人搬到了外面,这样看得更加清楚。然后,汤姆让这个机器人走出院子到达等待在那里的蓝天女王旁。沃尔特笨重地走着,汤姆离他几步跟在后面,用一个小的临时的控制面板给他发出指令。

沃尔特被吊了起来,头先进入飞机的底部舱口,身体全部进入机舱后,被放在一个大的贮物间里面。汤姆和巴德坐在前面的驾驶舱里,将蓝天女王滑行到专用的400米的场地,场地是用镀膜砖铺的,这可以耐住起飞时喷射出的尾气。

汤姆打开油门,随着一声呼啸,飞机推举器喷射出巨大的气流,飞机立即震颤着,准备起飞。

天空布满了阴云,汤姆到达了一定的巡航高度后,关掉了推举器,启动推进功能。蓝天女王快速到达了发生飞机劫持的区域,天空空荡荡的。

"我们先在这里巡航飞行吧。"巴德建议说。

"我们先在这里兜一个大圈。"汤姆说,"这样看起来不太像诱惑那个机器鸟。"

"它有鹰的某些习惯。"汤姆说,"我希望它会从它的巢中出来。"

这架闪亮的飞机在灰色的天空中慢慢地来回飞行着,已经一个小时过去了,仍没有发现任何异常。

"这简直是徒劳,什么东西都没看到。"巴德说。

"就怕是这种情况。"汤姆把飞机侧转一下,避开一个大的灰色的云朵,说,"我想我们飞到那个乌云下面。"

他伸手去够垂直控制杆。

"汤姆!"巴德大叫道,"快看从云朵里出来什么东西!是乌鸦!"

"它正朝着我们飞来!"汤姆说,"现在我们开始对它进行俘获!"

"当心,汤姆,这一次是两只乌鸦!"

第二只鸟穿过云朵,飞向飞行实验室。

汤姆的手紧抓控制杆。他向左看了一眼,又有三个黑点绕过飞机的尾气,从后面猛扑了过来。又有一只出现在他们的前面——还有一只……

"他们从四面八方包围了我们!"巴德大喊道,"我们陷进了乌鸦群。"

汤姆阴沉地说:"这回真是大麻烦了。"

第五章　难得的俘获

就在汤姆和巴德紧张地看着这些乌鸦的时候，这些机器乌鸦还在穿梭于云朵中，并直接窜入到蓝天女王的最前面。

"有3只乌鸦正接近方向舵。"巴德提醒说，"在它们没破坏我们的飞机前，我们采取什么措施呢？"

"还用不到。"汤姆说。

两个年轻的飞行员不断地看着仪表，如果这些仪表突然变化，他们就知道这些鸟后面的神秘力量已经穿透了托马塞特的保护层了。乌鸦绕着飞机盘旋、交叉飞行已经有几分钟了，但是汤姆一直能很好地控制着飞行实验室，他转过头对巴德说："我认为他们的波束，或者是其他的什么力量，还没有穿透保护层。"

"我的老天爷！"巴德大叫起来，"又来了一群！我们能应付多少只呀？"

"我越发感觉到，如果一只乌鸦不能伤害我们，那么一百只也不可能伤害我们。"汤姆很自信地说。

这些怪异的鸟群在令人惊恐的天空中穿梭着。两个男孩看着这个奇怪的场面，几乎都被这一切搞得神情恍惚了。

"我们下一步该怎么办，汤姆？"巴德最后问，"你想派出

无人机吗?"

"我不想这么做,巴德。"汤姆略有所思地回答,"我们还没弄清这些乌鸦战斗力有多强,也没弄清它们的操作范围有多大。如果无人机离开飞机库,蓝天女王和托马塞特就无法保护它。"

"你说得有道理。"巴德说,他的头脑中闪现出一个无人机坠落的场面,"无人机是非常珍贵的设备。"

汤姆大脑高速运转,片刻他就有了答案。"巴德,飞机上有一个干扰器。"他说,"如果我把它安装到无人机上,我敢保证它能抵抗乌鸦发出来的波束。"

"这个想法太了不起了,我的天才。你想让我替你驾驶飞机?"

"不,我是希望你来帮忙安装。让推举器保持蓝天女王的平稳,我们离开她。"

汤姆冲出驾驶舱。巴德关闭了前进加速器,打开了推举器,以保证飞机在空气中保持平稳状态,然后跟在汤姆的后面走下楼梯,来到了库存列表信息间。

汤姆在可转动的墙壁文件柜前快速翻阅资料,找到了干扰器放置的信息卡,它在编号为"10"的储藏架上。干扰器也是他的一个发明,能够发出扰频信号,控制波束。

他和巴德带着干扰器来到滑动门前,这是从飞机库通往第一层其他部分的路。汤姆打开滑动门,和巴德一起把干扰器安装在光亮的无人机里面,把电缆线和无人机上的发电机连接起来。

汤姆启动发动机,顿时飞机库内充满了尖锐的声音,巴德瞬间感觉好了很多。"也许我们会抓住所有的飞鸟。"他笑了一下。

干扰器已经安装完毕，巴德启动控制器，松开了无人机的绳索和轮阻器。

"准备起飞！"他高声说，"机长，发出无人机。"

汤姆按下无人机遥控启动按钮，飞机库的门自动打开。这时有一个乌鸦从门前经过，它只能改变飞行方向来避开飞机的气流。

"准备好了吧，巴德？"汤姆大声说。

"准备好了！我们给这些吃玉米的机器鸟一点颜色看看，来个以毒攻毒！"

汤姆拨动开关，几秒钟内无人机尾部向后喷射出滚烫的气流，飞出了飞机库。接着，一声轰鸣，一跃而起，直冲云霄，追赶那些坏蛋乌鸦。

巴德和汤姆快速回到驾驶舱。"注意无人机的飞行情况！"巴德一边大声说，一边通过导航进行跟踪。

无人机体积小、威力大，在乌鸦群中穿进穿出，但是乌鸦们可能已经感觉到无人机的到来，慌忙躲避。虽然它们努力避开无人机，但是很快，控制它们的人好像不能同时控制每个乌鸦的动作了。

"已经抓住一个了！"巴德兴奋地大叫起来，这时无人机把一只乌鸦吸了过来，让它与自己并列飞行。

"又吸过来一只！"

不大一会儿，其他的乌鸦都高速逃离了。

"我们现在把他们打跑了，汤姆！"巴德从心里高兴，"无人机回来后我们跟踪这些乌鸦去。"

他快速来到飞机库，汤姆做好了加速蓝天女王的准备。

第五章 难得的俘获

汤姆指挥无人机发出反向气流回到母机,巴德在飞机库内操纵捕捉装置。在无人机带着两个战利品安全停靠后,巴德给汤姆打电话,汤姆给飞行实验室一个强大推力,蓝天女王马上飞到了乌鸦的前面。

"我要再跟踪它们一会儿。"汤姆说着把这只大型飞机速度降了下来,保持与乌鸦同样的飞行速度,"注意观察有可能有控制站的迹象。"

巴德用双筒望远镜向下窥视。他发现了熟悉的地标,是当地农民的房子和工厂建筑,但没有见到控制站的迹象。

"这些乌鸦一定会把我们带到某个地方。"汤姆说。

乌鸦们好像要回答他们的问题一样,突然向下俯冲。汤姆让蓝天女王快速下降。

"他们朝向那个开阔的里弗顿湖飞去!"巴德大叫着。

"他们可能会在几秒钟内返回基地。"汤姆回答说。

乌鸦们冲入水中,发出一连串的水溅声,然后就消失了。

"噢,看看这个效果!"巴德带着讨厌的语气说。

汤姆打开飞机推举器,实验室在湖的上空悬浮着。

"可能乌鸦在水下有基地。"巴德说出自己的想法。

"我表示怀疑。"汤姆说,"乌鸦的主人不会主动暴露自己的操作基地,我们追得太近了,让他们非常不舒服,所以乌鸦的主人让这些乌鸦坠毁了。在某个地方他还会藏着更多的东西,否则的话他们不会毁掉这么多的乌鸦。"

"这种战术真是聪明。好吧,让乌鸦去一个我们无法追踪的地方。"巴德说出自己的意见。

他们在这个区域来回飞行了几次,但没有找到这些神秘乌鸦所有者的任何隐藏迹象。

"我们还是回家吧，希望迪林能有所发现。"汤姆对坐在控制面板另一侧的巴德说，"我现在去飞机库，看看那两只乌鸦。"

"主意不错。"巴德回答说，"看看这些乌鸦有什么样的雕虫小技。"

几分钟后，驾驶舱的蜂鸣器响了起来。

"巴德，乌鸦外表在近处看非常特殊。"汤姆说，"如果不把它们拆开，我没有办法弄明白他们的工作原理。我想带一个到物理实验室，好好地看一下。"

"收到。"巴德说完，驾驶飞机朝肖普顿镇方向飞去。

巴德打个哈欠，伸了伸双臂，轻松地驾驶着飞机。经历了整个下午的波动后，蓝天女王的平稳飞行让人很放松。

巴德自言自语地说："不知道汤姆能在这些乌鸦身上发现些什么。"他刚要拿起内部对讲机，他听到巨型飞机里传出一个巨大的爆炸声。

巴德抓紧这架摇晃的飞机的方向舵，一个念头突然出现在大脑中，爆炸一定是来自物理实验室。

"汤姆！"他惊恐地大叫，"汤姆！"

第六章　险象逃生

巴德担心问题可能会更严重,所以他让蓝天女王处于静止状态,然后直奔实验室。此时,飞机内已经到处是刺鼻的气味,灼烧着眼睛,让人喘不过气来。

巴德略停一下,顺手从壁橱里拿出一个防毒面具,接着向前跑去。他有一种不好的预感,心怦怦地跳着。实验室是一个很大的地方,里面分成多个部分,但都笼罩在一片烟雾之中。

巴德从一个房间跑到另一个房间,每个房间都没有找到他的朋友。更重要的是,实验室的破坏很小,没有发生过爆炸的迹象,乌鸦哪儿去了,汤姆哪儿去了?

巴德心里有些压抑,开始从楼梯向下走去,来到飞机库的舱面。这里的烟雾更加浓烈,透过浓烟,他模糊地看到另一个戴着防护面具的身影。

"汤姆!"他大叫着,"谢天谢地!我以为你……"

哽咽的声音传到了汤姆那里。汤姆向巴德跑过来:"我没事,巴德。爆炸是在飞机库里发生的,我估计是喷射系统出的问题,火势无法控制了!"

"用沙袋怎么样?我们可以往里面扔沙袋,"巴德建议说。

"不行,烟雾太大了,防毒面具上的净化器很快就失灵了。"

"我们该怎么办？"巴德问，他知道时间非常宝贵，整个飞机会消失的！

"把机器人和控制面板弄过来。"汤姆回答说，"把他们弄到这里，我去实验室取速效灭火剂。"

两个年轻人迅速离开，并履行着自己的任务。巴德已经来到实验室门口了，这时汤姆带着两个五十磅桶的溴甲烷返了回来，几码长的高压管子的一头还带着喷嘴。

"关上门以后你能在后面操控沃尔特吗？"巴德问。

"没问题。"汤姆边说边展开高压管子，并把喷嘴接到一个溴甲烷桶的阀门上。他开始扭开溴甲烷上的指针阀，他让巴德命令机器人抬起一只胳膊，把管子的喷嘴固定在上面。一切妥当以后，汤姆急忙拿起控制面板，说："打开飞机库的门，巴德。"

几乎是同一时间，一个年轻人按下飞机库大门的开关，另一个启动机器人。沃尔特开始笨重地走进飞机库，火舌从门里蹿出来，热浪冲进了走廊。巴德赶紧关门，只留下一条小缝，让高压管子从这里穿过。

"第一桶开始使用。"汤姆开大阀门，大声说，"把第二个桶准备好，巴德。"

汤姆控制着机器人，控制面板上的圆盘指针剧烈地摆动着。第一桶的溴甲烷用完以后，巴德快速取下管子，接到了第二桶上。

十五分钟以后，机器人勇敢战胜了飞机库里的大火，熄灭了最后的火苗。

第六章 险象逃生

汤姆和巴德必须得等着空调清理完所有的烟雾后再取下各自的防毒面具。当他们能进入飞机库的时候，他们还不敢触碰无人机上已经烧变形的管子，它们还非常热。

乌鸦已经变成碎片了，散落在飞机库的舱面上，还有一些更小的碎片飞到了墙上和天棚上。

"是什么原因造成了爆炸，汤姆？"巴德问。

"从外表上看，我觉得是乌鸦爆炸了，引燃了无人机和整个飞机库。"突然间，汤姆的脸上现出一些恐惧，"还有一只乌鸦！它在物理实验室，也会爆炸的。"

两个人一跃两个台阶地冲向物理实验室。好在这个机器鸟还是像汤姆离开时的样子躺在工作台上，双翼张开，两个爪子向上面伸着。

"我们最好赶紧把这个东西扔出去！"巴德边说边要把它拿起来。

"别动它！"汤姆大声，"不要动它，我还没研究它里面是什么呢。"

巴德小心翼翼地把乌鸦放回到工作台上，汤姆抓起一小桶油倒入到一个大的池子里，然后把乌鸦浸在里面。

"我希望这能管用。"巴德说。尽管汤姆采取了预防措施，巴德还不能完全确定他们两个会不会被炸飞。这只乌鸦的金属胸甲已经被取了下来，露出了里面密密麻麻的线路和晶体管。现在汤姆伸手取来了螺丝刀和小钳子，很快他就会把乌鸦的后背拆开。

"这里没有炸弹。"他自言自语地说。

"腹部的那个凸起的部分很有可能吧？"巴德紧张地问。

汤姆迅速地拆下了腹甲。"没有。"他说，"这是无线电接收器，乌鸦是用它们的腿来看东西的，爪子上布满了雷达接收器。"

"现在只有乌鸦的头还没有拆下来了。"巴德说，"汤姆，你认为我们是不是最好离开这里？"

但是汤姆工作时的动作非常精准。他拆下乌鸦的头部和尖尖的喙，再往里是渗漏扩散化学引信，还有很多的炸药！但油已经让它们失灵了。

"哼！"巴德大声说，"你给这只老乌鸦洗澡才这么点儿时间，化学试剂就顺着胶带浸到炸药了。"

汤姆觉得整个事件让他始料不及，建议马上飞回工厂。

刚一到达工厂，汤姆就安排人来修理飞行实验室的飞机库，然后把乌鸦带到自己的冶金实验室。他拿起对讲机，找到了爸爸，请他马上过来检查这只机器鸟。

"这是一件科技新品。"他说，"而且威力很大。"

斯威夫特先生赶紧过来，定睛看着这只乌鸦。汤姆已经把乌鸦身上的油弄干净了。这位发明前辈仔细看过乌鸦后说："你说得对，汤姆，这是工程方面的奇迹，几乎是达到了完美的程度，没有浪费任何空间。"

"它的定位仪是一件线路精品。"汤姆补充说。

他的爸爸皱起了眉头："这一定是出自一位天才的科学家之手，普通人不可能设计出这种机器。"

"是的，爸爸，我认为一定不是出自'闪电'鲁登斯之手。他可以称得上是电子奇才，但与这只乌鸦背后这位天才相比，还是略逊一筹。"

"非常正确。"斯威夫特先生同意这个结论,"就拿这个回转器来说,在没有新的指令信号到来之前,乌鸦的悬浮达到静止的水平,太完美了,绝对的完美。"

"这个人一定善于与凶犯交手,和毕金团伙一样。"汤姆说。

"我同意你的看法,年轻人,所以他非常危险,我希望你追踪他时一定倍加小心。"

汤姆笑着说:"我会的,爸爸。但是在他没有把我的分程传递器乱用之前,我得把它弄回来。"

接下来的几分钟,父子二人讨论如何改进汤姆正在研发的分程传递器,新研究出来的分程传递器,将放在原子能核电厂的控制面板中,必须做到百分之百的防辐射。

"另外,爸爸,我想马上去一趟工厂,你知道我还没有看过它呢。"汤姆说。

斯威夫特先生眯起了眼睛。"这就是你的不对了。"他温和地说,"如果你不再驾驶着你发明的飞机到处闲逛的话,你完全有足够的时间从西配楼走出来看看我的计划!"

"算是服了你了,爸爸。"汤姆大笑着,"我会马上走出西配楼的,希望你会在那里带我参观。"

"等你看到工厂你就知道了,汤姆,它就像从荒芜的石堆上建起的堡垒。事实上,我们也想给它起这个名字——堡垒。它周围数千米内没有人烟,只有黑色巨砾和不断崩裂的粉色峭壁。"

"听起来真是神奇呀,爸爸,对周围没有一点儿的危害?"

"非常正确,距离最近的牧场有24千米。"斯威夫特先生看

第六章 险象逃生

了一下手表,"汤姆,你可怜的妈妈一定会有最充分的理由责骂我们吃饭又没赶上时间,已经八点钟了,赶紧。"

两个人锁上实验室,快速来到汤姆的吉普车前。他们很快开到了家,饭菜马上摆上桌子。但斯威夫特夫人非常善解人意,根本没有责骂,她已经习惯白天或晚上的任何时间把饭菜端给富有冒险精神的丈夫和儿子了。

话题几乎是毫无例外地围绕在机器乌鸦的捕获上,还有它令人惊讶的功能——虽然很小,但可以劫持飞机这么大的物体。

斯威夫特生皱起了眉头:"这让我不得不想起一位天才科学家和一伙强盗合作的事情,斯威夫特一家有这样的敌人,很是吓人。"

工厂打来的视频电话铃声连续地响着,打断了他们的谈话。汤姆去接电话。他赶紧来到客厅的屏幕前,屏幕上是迪林的面孔,这位无线电专家看起来很疲惫,但很兴奋。

"是的,迪林。"汤姆说,"你有什么发现吗?"

"是的,我和史密斯带了两辆卡车出去,我们开始以约321千米的距离工作。在你驾驶飞行实验室起飞不久,我们两个都接收到了同样的高频信号,位于肖普顿镇的话务员也接收到了这个信号。我们马上展开跟踪,从三个位置做出定位,下面就是定位的结果。"

迪林在屏幕前举起一个大的草图,他已经划出了方向线和上升信号强度的比值。采用简单的三角测量法,他用红色在三线重叠的地方做出标记,离肖普顿镇有40千米。

"敌人的控制站一定是在那里。"他说。

"我马上就去那里。"汤姆激动地说,"几乎就是在乌鸦第一次攻击我们的下面！"

挂断电话后，汤姆给拉德纳家里打电话，然后是艾姆斯，最后是巴德，告诉他们马上到办公室开会，他自己去取那张图表。四个人到齐后，汤姆说："我让你们到这儿来，目的是不想让别人听到我们电话里说的内容，我们要完成一个高度机密的任务。"

汤姆先介绍了迪林的报告内容，然后简述了突袭乌鸦主人的计划。"这个位置很难找，我们得有一段步行。"他说，"位置离公路有一段距离，带上手电筒。"

他们坐上巴德一直开的黑色轿车里，神秘敌人应该不会知道这个车牌号。行程的最后8千米是非常艰难的，而且速度很慢，到了十一点钟他们才带上行装，开始步行穿过荒芜的树林。

令人高兴的是，今晚月光明亮，可以不用手电筒。走了800米后，他们穿过一座小山。山上石块林立，小山以外，有一棵被雷击过的光秃秃的树，再远一些有一个木棚屋。

汤姆和他的朋友们从山上跳下来，踏过长满杂草的地方接近这个木棚屋。

第七章　机器小丑

汤姆、巴德和安全人员朝向木棚层爬去，一切都是静静的。

离这个年久失修的棚子越来越近了，汤姆建议哈伦和拉德纳在外面掩护，他和巴德前行。

"如果需要支持，请发出SOS的闪光。"拉德纳对两个向前爬去的年轻人小声说。

他们到了木棚屋，汤姆和巴德发现房门是开着的，有0.6米宽。到了房门前，汤姆轻轻地敲门。

没有任何声音！

"可能没有人在里面！"巴德呵呵地笑了一下。

"我先进去。"汤姆小声说，打开手电筒，向前走去，半蹲下身子，开始一点点进入木棚屋。突然，嘎吱一声，门被打开了。汤姆被吓了一跳。

看了一下，他发现是一阵风把门吹开的。汤姆再次向前移动，踮着脚向这个只有一间房的屋子里走去。巴德跟在后面，两个年轻人用他们的强光手电筒四处照着，光束只照到蜘蛛网和空荡荡的房子。

"估计我们找错了地方了。"巴德说。

"我看没有找错。"汤姆回答。他一直在用手电筒在屋子里照来照去，他照遍屋子里的角落和屋顶。"上面的那是什么？"他把光束指向头上面的地方。

在横梁上的电线旁边，用绳子吊着一个标牌，上面草草地写着：

我们等着你的到来，小汤姆·斯威夫特。

年轻的发明家倒吸了一口凉气，一方面是因为愤怒，另一方面是不敢相信。"但这怎么……"他自问道，疑惑不解，"怎么有人知道我们会来这里？你知道，我们特别小心地计划了这个秘密行动！"

巴德开始有些抓狂，然后向拉德纳和艾姆斯发出闪光，等他们进来以后，他指向吊在那里的标牌。

"他们是先发制人了。"艾姆斯有些生气，他走过去，仔细观察这个标牌，"这是在一个小时内挂到这里的。汤姆，上面的墨迹有些湿，还可以涂抹。"

"但敌人怎么会知道我们的计划，汤姆？"拉德纳说，"真是让人无法相信。"

"他们不可能监听到我们的视频电话。信号都是加密传送的，都是用随机噪声做载波的，只有我们自己人才有内置解码卡带。而且我们家当然不会有人监听。"他补充说，"家里没有发现信号，表明没有人想跨越我们家周围的磁场。"

"这……"艾姆斯说，"应该说明漏洞在工厂了，斯威夫特企业集团一定是有安全泄露，应该是在两个小时的时间范围，这是我们工厂被了解得这么快，而且这么彻底的另一种解释了。"

"工厂里的每个人都已经做了双重检查了。"拉德纳开始说

第七章 机器小丑

话了,"而且四点钟后再没有人来过,我一点都不明白。"

哈伦·艾姆斯在这个木棚屋中的地面上踱着步。"我们还得再检查一下。"他说,"如果有必要,明天我们得给雇员朋友的远房亲戚和临时人员都放一个跟踪器,说不定在什么地方我们就会找到泄露点,然后……"

突然,艾姆斯跳了起来,叫喊道:"哎哟,我的脚!脚被什么扎了。"

汤姆用手电筒向地板照着,艾姆斯用一只脚跳着,用手扶着别人站着。

"扎进脚后跟了。"他说。

"看看这是你踩的东西。"汤姆说。地板上露出一个尖尖的金属物件。

"多加小心,汤姆。"巴德提醒说,"这很可能是那些乌鸦想搞的诡计,我们还没有想到要查看地下室呐。"

汤姆让大家向后面站一点,他开始检查周围的地板,"我觉得这个金属与下面的某个东西连在一起,从这里看不像是一个炸弹。"

巴德、拉德纳和艾姆斯帮助汤姆把地板撬开一些,下面是一个很浅的地下室,里面有一套传动装置和发动机。

"噢,这不可能操控这些乌鸦。"巴德说。

"不可能。"汤姆表示同意,"我有一个想法,控制装置可能是移动的,可能是安装在一个运货车里面,这就是为什么他们撤离得非常迅速的原因了。"

拉德纳和艾姆斯把这套机械从地下室里弄出来,汤姆仔细研究起来,"这好像是一个控制时间的东西,我以前看过一个类似的，是在一个银行保险库的门上。我猜想这是金库中定时机器的一个复制品，有人在这里正在做什么实验。"

其他人瞪大眼睛看着汤姆。"'闪电'鲁登斯？"他们齐声说。

"这只是猜想。"汤姆点点头，"我们把它带回去吧。"

来到木棚屋的外面，巴德的手电筒照在地上，他发现有很深的车胎压过的痕迹。他指着痕迹告诉汤姆说，"这能证明你的移动控制设备理论非常正确。"

四个人带着定时设备回到车里，向肖普顿镇驶去。艾姆斯用车上的急救包处理脚上的伤口。利用说话的间歇，汤姆打开收音机听新闻。

"现在播报最近收到的消息。"播音员正在播报，"法明顿国家银行刚刚发生一起严重的抢劫案，警方现没有披露更多的细节，他们只是说抢劫采用了一种不寻常的手法。值夜班的人被打昏，恢复过来后报警。有进一步消息时，我们将……"

"我猜想一定是毕金团伙干的！"巴德大声说。

"可我对这个抢劫的手法有一种直觉。"汤姆说，"我们在法明顿警察局停一下，给他们看一下我们车后座上的那个物件，我认为这一定会是条很好的线索。"

年轻的发明家解释说："当内线的职员或包裹员把一个可以改变金库时间设置的机器偷偷弄到银行，把定时器插到里面，这可以改变保险库开门的时间。"

"然后这伙人走了进来，带走了所有的钱。"巴德说。

"是的。"汤姆回答，"这个机器会把工作变得易如反掌。"

第七章 机器小丑

"你认为'闪电'鲁登斯的天才朋友通过我们刚弄来的定时器实验,想出来的这个发明?"拉德纳问。

"我想是的。"汤姆回答说,把车转向辅路,向法明顿开去。

到了警察的总部后,他发现这里已经乱翻天了,所有休假的警察都已经返回工作岗位,中机长正在简洁而权威地下达着命令。

汤姆等这紧张的场面结束后,向英吉利中机长做了自我介绍,并要求单独和他交谈。在确保不泄露他对毕金团伙的特殊兴趣的前提下,他尽可能多地告诉中机长一些情况。中机长检查完他们带来的小设备后说:"你们的猜想非常正确,汤姆,银行的安全门与你的发现是同一种时间锁系统,警察局非常感谢你。"汤姆站起身来离开时,中机长微笑一下补充说:"如果你们能抓住这些盗贼,我们会专门为你们做一个奖牌!"

年轻的发明家现在需要回家好好地睡上一觉,第二天早上没能起来吃早饭,但他的母亲、桑迪和他们的朋友菲莉丝·牛顿正在品尝可可饮料和甜甜圈,聊得非常开心。

"早上好!"汤姆说。吻过母亲后,他亲切地拍了拍两个女孩子的肩膀,"嗨,菲利斯,事情怎么样了?"

"汤姆,事情进展得不太好,所以我才来的。你正是力挽狂澜的唯一的人选。"

汤姆坐了下来,把勺子插进葡萄柚里,笑了一下说:"菲利斯,我还不知道是怎么回事,你就把我变成英雄了,说说吧。"

菲利斯是一个漂亮的女孩,黑色的头发,棕色的眼睛很大,是斯威夫特先生半辈子的朋友——奈德·牛顿的女儿,她现在负责老斯威夫特建设公司。在舞会上，菲利斯总是汤姆的舞伴，桑迪和巴德也总在一起。有的时候，四个年轻人会一起做科学旅行，桑迪开飞机的水平最高，菲利斯的素描非常好，随手就是一幅图画。

"这与明天晚上的娱乐活动有关。"菲利斯解释说，"你还记得为医院捐款的事儿不？"汤姆点点头，他知道两个女孩是基金会的成员。菲利斯继续说："我们的办法想尽了，我们必须想到一个新的办法。按照规则，不能有专业人员，只能是业余人员。"

汤姆看了菲利斯一会儿说："你的意思是我变成了一个唱歌跳舞的人了？我也是这么想的！"

菲利斯大笑起来，回答说，"不是你，而是你的一个机器人。"

年轻的发明家万万没有想到，瞪大了眼睛。"什么！为什么，这得给机器人内部做一个大的手术，菲利斯。机器人得做远程操控，这还需要很长很长的时间。"

"汤姆。"斯威夫特夫人说话了，"菲利斯的想法不可能吗？"

"不可能，但是……"

"如果你今明两天工作，加上巴德等人一起来做，你们应该能完成。"

"是的，妈妈，但是……"

"如果这样，我希望你做。据我所知，你还没有把你的科学才能用到慈善方面。"斯威夫特夫人笑了一下，"除非你把罪犯交给相关部门，而且不要回报，这才叫为人类社会工作。汤姆，我希望你为明天晚会做一些事情。"

第七章 机器小丑

"好吧,妈妈,我会做的,但得需要桑迪和菲利斯一起来帮助我。"

"太好了!"两个女孩喊了起来,"我们什么时候开始?"

"明天下午三点来我实验室,我们会把机器人准备好。"

汤姆、巴德和另外三个工程师用了一天半的时间,改进便携控制面板,内置卡带。他们向1.8米高的机器人发出指令,这样机器人就可以走动、跳舞和唱歌了。他们不断地试验卡带,更换卡带,最后实现了机器人唱歌和步伐的同步。

汉德森同时改进机器人的头部,使它更能让观众接受。在桑迪和菲利斯到来的时候,机器人一脸茫然,表情滑稽,眼睛左右转动着。

"来见一下赫伯特吧。"汤姆说。两个女孩笑着,机器人僵硬地弯腰敬礼。"我给你演示一下。"年轻的发明家接着说,"然后告诉你如何使用这些调节钮,这和录音机的使用一样简单。"

赫伯特的表演非常完美,两个女孩非常高兴,两个人操控着调节钮,做得非常好。四个年轻人在企业集团工厂早早地吃过晚饭,六点半来到军械库,娱乐活动就在这里举行。

到了八点钟,观众席上坐满了人,表演正式开始。因为机器人的表演被安排到最后,汤姆和巴德都留在幕后,小心地保护着帆布盖着的机器人和控制面板,他们在等着前一个节目的落幕。

两个年轻人把机器推到舞台的中央,掀开蒙在上面的帆布。汤姆迅速地看了一遍操作赫伯特的指令,然后把控制面板交给了女孩子们。他和巴德坐在观众席第二排的中间位置。

巴德笑容满面,因为他和另外一个工程师偷偷地给机器人补加了一些东西，加上了第二信号接收器，直接连接到机器人的主要线路上。巴德的口袋里有一个小型的控制面板。等两个女孩的表演结束后，他打算让机器人做几个原来程序中没有的绝技。

主持人走了出来，清了清嗓子："现在，隆重推出神奇节目，世界闻名的杂耍三组合：桑迪、菲莉丝和机器人赫伯特。"

乐队奏起《杨基歌》，剧幕拉开，淡黄色的聚光灯照在没有生命的机器人身上，它站在两个女孩子的中间。他们三个人一起向观众鞠躬，机器人身上亮起了很多的小灯。观众们报以热烈的掌声，两个女孩子赶紧走到舞台的侧面，拿起了控制面板。

赫伯特开始在舞台上跳起了吉格舞，观众们笑声震天。两个女孩操纵着调节钮，机器人开始做一系列的柔体杂技。他身体上的小灯一闪一闪的，它的大眼睛左右转动着，观众的掌声震耳欲聋。

"现在我们让他唱歌。"桑迪说，"打开磁带录音机播放他表演的部分。"

赫伯特的声音与著名的伤感歌手惊人的相像，加上机器人同时模仿着这个歌手的知名动作，观众们的笑声更高了。

在雷鸣般的掌声中，剧幕落下来了，然后又升了起来。赫伯特再一次地向观众鞠躬，巴德按了一下口袋中的控制面板，机器人向台前走去，从台阶下来走向观众。巴德的目的是想轻轻地吓唬一下第一排观众，让赫伯特快到观众身边时停下来。

在近处看机器人时，这个半人半机器的物件有些让人害怕，是不是它失控了？观众们弄不明白，它会不会伤到人？

"哎呀!"第一排的女孩叫了起来,向后躲避着。

巴德决定到了玩笑收场的时候了,他旋转调节钮。这本会让机器人转过身去,走向台阶,然后回到舞台上。

但是,让他惊恐的是,机器人还在向前走,一定是出了什么问题!

第八章　可疑的条件

在慌张中，巴德关上了口袋中控制面板的开关，以防给机器人造成破坏，但是赫伯特仍旧让人害怕地继续向观众走去。

"汤姆！"巴德大喊道，"让我过去，我把它停下来！"

此时的赫伯特双臂前伸，向坐在前面的很多官员走去，现在赫伯特直接朝着肖普顿镇的市长走去！

巴德紧张得不行了。"汤姆想点办法！"他已经是哀求了。

"好的。"

让巴德感到奇怪的是，他的朋友一点都没有感到紧张。赫伯特突然停了下来，鞠了一躬，转过身去，笨拙地慢慢走上台阶，然后又一次鞠躬，走向舞台的侧面，观众们又响起来热烈的掌声。

汤姆和巴德跟在后面到了后台，桑迪和菲利斯被惊呆了，站在那里。"到底发……发生了什么？"她们最终说出来这样一句话。

巴德刚想要坦白自己的事情，汤姆说话了："你喜欢这个表演不？巴德和我都想开一点儿玩笑，我们的口袋里都有一个小的控制面板，让赫伯特做一些惊人的超级表演。"

"好吧，我以为你能告诉我呐。"桑迪说。巴德惊得大张

第八章 可疑的条件

着嘴。他明白了，汤姆发现了他和工程师在机器人中放进的额外的卡带，然后自己也放上一个卡带！

"我开的玩笑。"巴德不得不承认。

"你这是罪有应得。"菲利斯调皮地说，"是对你想开我们玩笑的一种惩罚！"

"嘘！"有人说话了，"最后一个节目还没结束呢！"

大家都静了下来，合唱团正在唱最后一首歌。汤姆说："我们把赫伯特送回到实验室吧，然后我们还在这里集合。"四个人打算一会儿到一个女孩的家里去玩。

"请原谅。"他们的后面有一个声音说。他们转过身来，一个身材高大，留有稀疏胡须的先生，穿着晚礼服。所有的观众中，只有他穿成这样。

"你们好！"他的声音有些假惺惺的，还有些造作，"我是特索卡，是一个巡回表演魔术师。我刚好经过这个小城，听说这儿有一个慈善表演，就想来看看。非常好，非常好，你们两个的不寻常的表演，无与伦比。你的机器人太了不起了。在它的面前，我的破伞复原技杂技都很羞涩了。我想弄一个你们的机器人来表演杂技。"

"我们不卖。"汤姆冷冷地说。

"我会按每个月支付一千元的租金。"特索卡继续说。

汤姆听到这个报价都惊呆了。"对不起。"他说，"赫伯特是我的，不能出租，它只是一试验样品，很容易失控，我承担不了这种危险。"

特索卡略有些生气，挺了挺身子："你看，先生，我出的价钱是相当高了，好好想想吧，我保证我们一定成交的，我给你付

第八章 可疑的条件

现金。"

巴德下意识地走到机器人的面前,一般的情况下,不会有人随身携带一千元现金的。

汤姆充满疑心,担心特索卡可能会是那些神秘的敌人之一,于是笑着说:"我相信,特索卡先生,你很快就能学会操纵机器人的。我会非常高兴为你设计一款专门在舞台上表演杂技的机器人,我在哪里能找到你呢?"

这个男人黑色的眼睛一下子亮了起来。"非常好。"他说,"我很少能在某个城市待上很长的时间,但我会在两天内回到附近,我会给你打电话。"

他转身离开了,桑迪和菲利斯反对汤姆,认为他不应该与陌生人做交易。

巴德同意他们的观点,"我认为他是一个骗子。"

"是的。"汤姆说,"但值得我们做更多的了解。"

四个年轻人商讨了一会儿后,决定要小心地把赫伯特安全送回工厂。两个男孩把赫伯特放在汽车的后部,巴德上了汽车。汤姆坐进了驾驶室,他慢慢地把车开出军械库的小路,慢慢地开过小城,然后开到了开阔的地区,向斯威夫特企业集团开去。

巴德有些紧张,他叫道:"我觉得有两个车前灯离我们很近,在照着我们,汤姆。"

年轻的发明家看到后视镜中确实有两个明亮的车前灯在他们的后面,沿路晃动着。

"咱们这个信使卡车比他跑得快。"汤姆冷冷地说,加快了车的速度。但是跟在后面的车已经追上他们了,汤姆告诉两个女孩低下头，让巴德看着那辆车是否更近或超过他们。

"快要超车了，哥们。"巴德说，"注意立交桥的变道。"

汤姆转弯很漂亮，追来的车的轮胎发出了刺耳的声音。

开下坡路后，汤姆抄近路回到了工厂，后面的车也过来了。汤姆心里很清楚了，后面的车就是跟着他的。

他冲刺般的给卡车加速，冲向工厂的后门。卡车专用的遥控器启动了大门的电子眼，前面活动门打开了，卡车迅速通过大门。坚固的活动门马上咣当一下又关上了。他们听到后面的汽车轮胎发出了尖尖的声音，这是突然转向后加速的声音。

"谢天谢地！"菲利斯说，"我再也不要和赫伯特一起坐车了。"

紧张的氛围结束了，每个人都笑了，汤姆直接把卡车开到了模型制造部，年轻人都下了车。

巴德说："我们把赫伯特送到床上睡觉后，我们就去参加晚会。"

晚会的热闹场面让汤姆忘掉了被奇怪追踪到工厂的事情，但后来想起这件事儿的时候，他认为应该同时有两个机器人。如果这个接近完工的机器人出现了什么问题，他还有一个接替的机器人。

第二天早晨他便着手造第二个巨型机器人，作为双保险，这个机器人使用不同的频率。工作已经展开了，年轻的发明家把注意力放在研发一个新的分程传递器上，接下来的两天里，他不断地放弃一个又一个想法。他辛苦地在实验室里忙活着，全神贯注，几乎忘记了吃饭和睡觉。

第八章 可疑的条件

乔有些担心。"这个年轻天才会像草原大火一样把自己烧掉的。"他亲切地看着面前的年轻人自言自语地说。汤姆的头上戴着塑料防护面罩,"我可怜的小肉丁!我得让他吃些东西……汤姆。"他大声地说。

汤姆从工作台上转过头来,"我思考着高频段过率器能否可行呢?"他在自言自语。

乔叹了一口气。"你一丁点也没注意到我说什么呀,"他抱怨地抓了一下满腮的胡子茬,斜着眼睛看着发亮的台灯,"你想做什么呢,汤姆?"

一个声音从走廊里做出了回答,是巴德·巴克利来了,从饭店带来了一杯热咖啡。

"乔,这是非常简单的,我们的电器大师正在这里改进降低随机噪音的方案。"

"噪音是指我吗?"乔垂下了眼睛。

"不是的,乔。"巴德咧嘴笑了一下说,模仿着汤姆的做法给他解释说,"这些电子噪音是因为放大器叠加而变大,而放大器则是用来模拟机器人工作中的问题。噪音会干扰信号,如果还有放射线加入的话……"

"嘿!我想我已经解决这个问题了。"汤姆一本正经地说,"下一代的分程传递器会采用调频的方式进行,就像收音机的FM一样。信号与放射线完全不同,所以机器人也不会混淆。"

"好极了!"巴德说,"现在我想你应该告诉乔,我们两个应该需要一些能吃的东西,甚至肥肉也可以。"

"你说什么呢!"厨师大声说着,他表示反对,"好吧,我去弄点儿快速小炒吧。"

这时电话响了,乔抓起电话。

乔听了一下后说:"汤姆,拉德纳说,他有很重要的消息告诉你!"

第九章　发现秘密的X射线

"你好，拉德纳，有什么大新闻？"汤姆问。

这个安全主任话说得很快："我们已经对泄露追踪到一个小点上了，汤姆。艾姆斯和所有的手下在这件事儿上花了很大的力气，他们看过的缩微胶片记录有几千米长，首先是企业集团的，然后是早期的老斯威夫特建设公司的职员档案。"

"这么说来你挖到重要的东西了？"汤姆急切地问。

"从记录中什么都没有找到。"拉德纳回答说，"但我们获悉，负责机器人骨架焊接的那个部门，有一个员工昨天在城里毫无理由地消失了。我们在调查他在企业集团工厂中的可能朋友，还要追踪他的活动情况。"

"我能在哪个方面帮上你？"汤姆问。

"还不需要。"拉德纳回答说，"如果需要我会找你的，我们会向你通报进展情况。"

汤姆放下电话后，把这个消息告诉给巴德。"看起来不怎么样。"巴德说着自己的看法，"根本就没有说明秘密是怎么跑到敌人那里去的。"

汤姆想到员工方面出现这样不忠诚的情况，感到心情不爽，因为他的发明还没有来得及申报专利就已经传到了外人的手里。

汤姆做事的方法是，新的员工筛选出来后，必须绝对信任他。

已经是深夜了，汤姆还没有摆脱这种压抑的情绪，他、巴德、菲利斯和桑迪都在斯威夫特家的客厅里，讨论着最近的热销唱片。突然桑迪说："汤姆，菲利斯和我有一个非常好的想法。"

"不要再搞机器人娱乐活动了！"汤姆大笑起来，他不赞成这种想法。

"这个想法是完全不同的，你们马上去那个新的原子能工厂，我们认为……"

家里的警报突然响了起来，桑迪停了下来，这意味着有陌生人进入且激活了斯威夫特家周围的防御磁场。

汤姆从椅子上跳了起来，冲向前门，巴德跟在后面。他们两个看着门前的刻度盘，上面显示着来访者身上携带的金属，这会让斯威夫特一家发现任何隐藏的武器。

"他身上没有太多的东西。"汤姆小声说，这时门铃响了，"只有钥匙和手表。"

汤姆打开门，一个矮个子，但非常结实的男人站在前厅里，黑黑的头发间有几缕灰白，脸色红润。

"小汤姆·斯威夫特？"

"是的。"汤姆回答的语气中带着'你有什么事情'的味道，"这是我的朋友巴德·巴克利，你想进来吗？"

这个男人走进了大厅。"我叫商泽，"他说，"我是特鲁泰普安全公司的工程师。"

"眼下看，我好像没听说过这家公司，商泽先生。"

"我们在这个行业里是一家新的公司。"来访人说，"但是

第九章 发现秘密的X射线

我们公司知道你们,我是从一个看过你们演出的人那里了解到的,知道你们正在建造非常了不起的机器人。我们希望你们为我们专门设计一款机器人。"

汤姆认真地看着这个男人,他的某些方面貌似有些熟悉,但汤姆记不起在哪里见过他,他的名字?不是,他从来没有听说过商泽这样的名字,见过他的照片?也许。

汤姆头脑中闪过一幅画面……这是"钢钉"佐尔坦!真的是那个银行抢劫犯?

汤姆给商泽递过一把椅子,一直在打量着他,他的身高和"钢钉"的情况看起来相近,当然了,他的头发颜色是不同的,"钢钉"应该是金黄色的头发,但也可能他染了头发。

汤姆必须把这个事情搞明白,他必须用某种方法让巴德也知道自己的怀疑,并一起确认。汤姆决定采用不久前他们两个发明的垒球密码,这是用来提示即将到来的危险的。

"在我看来,机器人非常适合你们的行业。"汤姆说,"我可以设计出来一款能拿起一吨重的保险柜机器人,我还可以同时给它配上很薄的金属抓握器,指尖的敏感度要比人的手指还灵敏。在紧急的情况下,它可以摸到旋臂,然后打开密码丢失的保险柜。"

商泽很高兴。"这正是我们需要的东西。"他说。

"是的,我们很愿意跟你玩这场球,商泽先生。"汤姆接着说。

巴德听到了这个密码后警觉地挺了挺身体,他看了一眼汤姆,看到他确认地点头,说明密码已经启动。

"我建议我们三个人一起去我的实验室吧。"汤姆说,"看看我们正在研发的不同类型的机器人，商泽先生，这样你可以完全按照你的要求提出机器人的特点。"

商泽同意去实验室，但怀疑地看了一眼巴德。汤姆马上解释说，自己和巴德一起开发机器人的项目。

巴德也向同伴投去了一个不解的表情，如果他对来访者有些怀疑的话，为什么还带他去工厂呢？但是汤姆好像知道了巴德的顾虑。

他们来到了实验大楼，巴德马上意识到汤姆不会泄露任何一点儿秘密的，他只是带客人走过非保密区。在他们进入一个略有一定级别保密的部分时，巴德明白了，汤姆在把这个可疑的客人带入一个小型、但高能量的X光机那里。这是汤姆自己设计用来做研究用的机器，而且总是装着感光片。

巴德借口开灯以便看清机器人，所以他提前进入实验区，自然而然地打开了X光机。

"巴德开灯照亮了整个实验区，可能您对这里的全景图很感兴趣。"汤姆对这个可疑的客人说。这个家伙被忽悠到X光机的前面了。

实际上，这个平面图上没有重要的东西，但是在商泽看着平面图时，汤姆给他讲了一些这个厂里生产线上人所共知的小功能。此时，X光机拍下商泽多个光片。

汤姆带着商泽继续沿走廊往前走，巴德在等着机器自动冲洗X光片，然后在转弯处快步追上了他们。

"好的，商泽先生。"他说，"你对这里的印象怎么样？我个人觉得斯威夫特一家建厂时，只是想击一次球就跑完一千个垒。"

这是"有罪"的密码，已经传递了到汤姆那里。

第十章　没有出口的通道

汤姆非常明白传达的信号,这说明巴德在X光片中发现了什么东西证明客人可疑,是不是他的脊髓中有钢钉?

在进行下一步活动前,汤姆想要看一眼X光片。巴德趁着大家向前走动的时间,把X光片递到了汤姆的手里。汤姆有意落在后面,对着光亮举起光片,毫无疑问,这个人正是"钢钉"佐尔坦!

"如果我说出他的底细,他一定会激烈反抗。"汤姆想,"而且我也不能和这个身体不好的人打架,最好是让警察处理这个问题。"

他们继续沿走廊走着,汤姆带着客人,巴德朝着位于大厅远处锁着的储藏室走去,汤姆按了一下附近控制板上的按钮,后面的一个小门嘭地一声关上了,封闭了走廊的去路,将他们三个人与大楼的其他部分隔离开了。

"这是怎么回事?"佐尔坦转过身来,急切地说,"你那个控制面板是怎么回事?"

虽然有些紧张,但是巴德还是勉强地笑了:"汤姆,有人击过三次球后,没击中!"

"什么球?"佐尔坦大喊了起来,"你们俩是怎么回事,你

们在猜谜语吗?"

汤姆平和地说:"从表面上看,看起来是跑垒时在垒外没击中了。"

"击中?什么呀?"

两个年轻人马上行动起来,汤姆朝佐尔坦走过来,巴德拿起电话,客人向防火门退去。

"没用的,'钢钉'。我们知道你是谁,现在你已经没有退路了,你没地方跑了,这个门是打不开的,除非警察在外面打开。只要我让巴德叫警察,警察就会马上过来。"汤姆停了一下,"但是,我先想从你这里了解一些情况。"

佐尔坦蔑视地斜着眼睛看着他们:"你们从我这里什么都得不到!你们弄错人了,我的名字是商……"

"好了,好了,'钢钉',我们已经给你拍了X光片了。"他把佐尔坦的光片给他看,"你不可能跑了,现在,请你告诉我,针对我们的这个行动的后台主使是谁?"钢钉沉默了,愤怒地瞪着眼睛。

"有消息说,你和你的团伙放弃了抢劫银行。"巴德插嘴说,"可是你们那天晚上算是用尽了心机。"

"是谁这么说的?"佐尔坦问到。

巴德没有回答,汤姆代替了巴德回答了,"毕金团伙利用从我们这里偷来的那个发明做了什么?"

佐尔坦吼叫了起来,向防火门退去。

"不要紧张,'钢钉',开口说吧,科学还曾救过你的命呢。你怎么能跟科学对着干呢?"汤姆问道。

"我不会告诉你任何事情的,汤姆·斯威夫特!"

佐尔坦顺着防火门移动着,用手摸着找控制板上的开关,他飘忽的眼神中有一种绝望的神情,在"钢钉"接近防火门控制时,汤姆向他扑去,但他的动作太慢了,门像遮光窗帘一样打开了,然后突然大开,佐尔坦跌倒在地面上,滚进了走廊。

"噢,我的后背!"他痛苦地叫着。

汤姆有些怜悯他了,向蜷缩在一起的佐尔坦跑去,巴德用电话报了警,请求工厂警察和担架人员救援,两分钟后保卫到达了现场。

佐尔坦还躺在地板上,不想接受汤姆的紧急抢救,他的眼睛里闪着仇恨。

"把他送到肖普顿镇医院吧。"汤姆告诉到来的保卫人员,"我会叫来城里的警察的。"

两个保卫人员把"钢钉"抬到担架上的时候,佐尔坦不停地大叫着,"他们一定会来找你的,汤姆·斯威夫特!我们团伙的其他人一定来找你的!"他进了电梯,两边有保卫人员跟着。

巴德擦着额头上的汗水,他说:"汤姆,我有些害怕了。我从未看过有人脸上有这么多的仇恨,如果毕金团伙听说了发生了这些事,你的安全一定会受到影响。"

"不要担心。"汤姆说,"我以前的处境比这个严重多了。"

但是,年轻的发明家在回家的路上还是有些紧张,到了第二天早晨,汤姆回到熟悉的实验室后,又一次回到了天生的乐观主义状态。他很早就约了菲尔·拉德纳讨论来员工中是否存在安全泄露的问题。

汤姆看着天空,思考着巨型机器人的电视摄像机眼睛对抗

射线的问题,他看了一眼放在他桌角上的飞行实验室的银色大模型,深深地陷入了沉思,实际上他根本没有认真看这个模型。

突然哗啦一声,把汤姆带回到现实。拉德纳把一口袋的文件夹放在了桌子。

"早晨好。"他说,"哈,都在这里了,所有的。两千多个工时,什么都没找到。我们还没有完成这些检查,消失的员工回来了,他是在休假,什么事情都不管了,就彻底消失了!他有一个假期,所以他就去给自己放假了。"汤姆笑了,拉德纳最后说:"这个家伙与泄密没有任何关系,是完全无辜的。"

"这么说来我们又回到了开始的地方。"汤姆叹了一口气。

"是的。"这个安全员说,"思路全程都错了,所以我们得找别的可疑的人。那么,我们马上开始。"

拉德纳刚要离开,桑迪·斯威夫特来了,他们又聊了几句,拉德纳离开以后,桑迪坐在了哥哥的桌角上。

"汤姆,昨天晚上我刚要和你说我的奇思妙想,就被打断了。"桑德拉笑了一下,然后接着说,"去原子能电厂,带上巴德、菲利斯和我怎么样?"

"这应该是不行的,我的妹妹,对不起,你们是不能进到里面的。"汤姆告诉她严格的安全规则,还有那里总会有接触放射线的危险。

"但我不会进入那个混凝土结构里面。"桑迪说,"菲利斯也不会的,这样就行了吧,我们只是看看周边的自然环境。"

"周边是很荒芜的。"哥哥说。

"我知道,汤姆,自从爸爸和政府合作建厂,我一直在研究这个地区的历史和人群。离工厂没有多远有一个部落,我们可以花些时间拜访他们一下，了解一下他们的习俗。"

"这样说来好像还可以。"汤姆说。

妹妹用一种劝诱的语气接着说，"实际上，那里还有一个传说，在其中的一座平顶山上藏着宝藏，这座平顶山上没有人烟，周边布满乱石。"

"如果真的有宝藏，为什么没有把它们挖走呢？"

"没有人去过那里，因为高地的周边被暴雨冲刷、侵蚀，变得太陡了，无法攀爬。"

"那么你认为我们应该研究一下这个传说吗？"汤姆问道，眼睛发出了亮光，"我倒是想，这样我们就会有一些额外的金子可以用了。"

"不要开玩笑了。"桑迪说，"故事可能是真的，汤姆，我们可以乘直升机降落在这座平顶山上。"

"你这样说听起来很让人兴奋。"哥哥说，"跟你这样讲吧，如果妈妈同意的话，我们就这样做。"

"多谢了，我会马上找她和其他几个人。我们什么时候出发？"

"我还要做一些机器人的活儿，蓝天女王的修理还没有完成。"然后他笑了，"不要灰心，桑迪，我们会尽早出发的。"

桑迪离开后，汤姆拿起电话联系地下飞机库，和领班讲话。

"你看拆除剩下的弯曲内翼骨，再安上新的，能不能用原计划的一半工期完成？"汤姆问道。

他说只有托马塞特的喷漆可能会影响进度。

"我会从高聚合物驾驶员车间调几名工程师来做喷漆工作。"汤姆承诺说。

第十章 没有出口的通道

"这样的话,我们就会用一半的时间完成蓝天女王的修理工作。"领班向他保证。

一个小时以后,桑迪回来告诉汤姆说,斯威夫特夫人和牛顿夫人都同意他们的女儿参加这次旅行了。巴德听说马上要有这个小小的旅行,热情大增。

"我敢说我能用上一些那里埋的金子,你们真是一些平顶山大盗。"巴德边说边进了汤姆的办公室,并坐了下来。

汤姆大笑着说:"把挖出来的一半分给你,我的'海盗兄弟'。"

现在两个年轻人开始严肃地讨论起问题了。巴德带来了消息,说"钢钉"佐尔坦的身体已经恢复了很多了,但情绪还不太好,而且什么都不想说,到现在还没有从佐尔坦口中听到什么。

"面对神秘的乌鸦和分程传递器,我们真是一筹莫展呀。"他说。

"也许这个团伙也放弃了。"汤姆提出自己的想法。

"不要那么信心十足。"他的朋友建议说。"顺便问一下,塞塔迪尔有没有采用新型的安保办法?"

"没有,但是爸爸和我建立了一个无人驾驶机保护措施,覆盖厂区。"汤姆告诉他,"有了空中的保护伞,我们的秘密设备和发电厂房就有了安全感,我要带上我们的无人飞机一起出发,来个试验飞行。"

"无线电控制要在开阔地带做到简便。"巴德说,"那么,我离开一下,检验下滑行船的性能,确保它在寻找宝藏时不出毛病!"

巴德离开去测试蓝天女王的直升机,汤姆当天一整天没见到巴德。第二天早上,汤姆决定步行上班。这是一个阳光明媚的早晨,他高兴地吹着口哨,他抄近道去工厂,先穿过树林,穿过小溪,然后走上了通往企业集团大院的道路。

突然,汤姆感到头顶上方有嗡嗡声,向上一看,他一下子看到一个机器乌鸦张开的爪子,正在向他扑来!

汤姆向路的一边躲闪,差一点被乌鸦的爪子抓到。他开始奔跑,但是他的速度根本比不过乌鸦的速度。汤姆像足球运动员突破防区一样躲避对手,但乌鸦紧跟着他的每一个动作。

有一次乌鸦的翅膀拍打到他的肩膀上,汤姆赶紧卷曲身体,滚倒在地上,马上又站起来。乌鸦的爪子把他的额头抓出了一条伤口,汤姆抓住了乌鸦的左腿,但它很快它又挣脱了自己。

"这就是佐尔坦的报复。"汤姆想,他四处查看,寻求帮助,路上一个人都没有。

乌鸦又毫无声响地向下俯冲,然后水平滑翔,它的右侧翅膀撞到汤姆的后脑勺,他被打倒在地,失去了知觉。

第十一章　钢质的肌腱

位于斯威夫特企业集团的汤姆办公室里一片混乱和惊恐，可视电话和短波呼叫一个接着一个，特伦特小姐一一回答。"汤姆不在这里。"叹了一口气后，她继续一个个回答。

"中央海滨区，呼叫汤姆·斯威夫特，中央海滨区……"都是同样的回答。

"艾尔海默，西部海滨区……能听到我吗？能听到我吗？"

"稍后回答。"

"里克·道尔顿呼叫斯威夫特企业集团，正在接听，斯威夫特。"

电缆线乱七八糟，全大楼里、地下飞机库和实验室里的蜂鸣器不断地响着，都在寻找这个年轻的发明家，但无法找到。

"到目前为止什么都没有看到。"特伦特小姐对马可说。马可年龄很大，是这个部门的夜班看门人。汤姆下班很晚。"小斯威夫特先生一般不这样做事，他从来不提前打电话，也不提前接电话，到底发生了什么事情？"

汤姆的爸爸从原子能电厂打来长途电话，秘书接了这个电话，马可皱了一下眉头，耸了耸肩。

"不，斯威夫特先生，汤姆自从离开家里后再没有和家里联系过,我已经试过联系两次了,家里人说早晨与往常是一样的,稍等一下,斯威夫特先生,巴德·巴克利来了。"

巴德接过长途电话:"喂,斯威夫特先生,对不起,我们现在还没有找到汤姆,我已经找遍了大楼和院子,桑迪说他在两个小时前离家去上班的,等他到达时,我让他给你打电话。"

"我不希望这样,巴德。"斯威夫特先生说,声音中带着担心,"再给家里打个电话,如果与汤姆联系不上,那就带猎犬出去寻找他的足迹。"

"好的,先生。"巴德回答完,挂上电话。他再一次和斯威夫特家里确定,但是汤姆还没有打电话,巴德告诉特伦特小姐马上采取行动。

在斯威夫特家的后面有一个狗窝,这里有桑迪两条最优良的猎狗,两条猎狗曾经找到过几个罪犯。

不大一会儿,巴德和桑迪就给两个猎狗的脖套上系好了长长的皮链,做好了出发的准备。桑迪拿来汤姆的一件外衣,让猎狗来嗅一下,然后巴德和桑迪放开长长的皮链。猎狗的耳朵是耷拉着的,他们兴奋地狂吠起来,拖着它们的主人向前跑着。

离开私人车道,穿过马路,他们跑到了森林里,巴德和桑迪跌跌撞撞地在岩石和倒下的树干中行走。猎狗把他们带到了小溪的边儿上的骑马专用道,他们又穿过高速公路,返回到树林中。

"汤姆一定是走小路了!"巴德大声说,猎狗带着他们继续向前,他们按照汤姆走过的路快跑,一直跑到了浅浅的小溪前,到了这里猎狗停了下来,吠叫起来。

"噢,噢!"桑迪大声喊着,它们到水域后嗅不到气

第十一章 钢质的肌腱

味了。

"我们把它们带到小溪的对面去。"巴德说,"我想汤姆是踩着石头过河的,石头湿了非常不好,气味都消失了。"

猎狗在水中溅起了水花,桑迪和巴德从一块石头跳到另一块石头上。到了对岸后,巴德的猎狗用力拉了一下,差点儿把他拖倒。

"他们又找到了气味!"桑迪大声说。

猎狗在树林中快速奔跑,穿过草地,又来到了路边,突然猎狗在路上左右转着前行。

"猎狗发疯了吧!"巴德大叫着。

这时,桑迪的猎狗拖着他的绳子冲到了前面,一会儿,猎狗停在草地的一个沟里面,吠叫着。

巴德和桑德拉跑了上去。"原来是汤姆!"巴德大声说,"他在沟里!"

"噢!"桑迪看了一眼一动不动的哥哥,脸一下子拉长了,大吸一口凉气,难道他……

巴德摸了一下他这个朋友的脉搏:"他还活着,桑迪!"他检查了一下,没有发现骨折后,轻轻地抱起汤姆,把他弄到一个长满草的高地。

"噢!看看他头上的伤口和肿胀!"桑迪几乎被吓坏了,她把手帕在附近的溪水里沾湿,敷在汤姆的前额上,几分钟后,年轻的发明家动了一下身体,眨眨眼睛。

"噢!乌鸦!它在追我,我不能……"

"快醒醒,汤姆!我是巴德,不是乌鸦。"

汤姆晃了晃头,想看清一些,然后睁大了眼睛。"怎么回事？桑迪，巴德，你们是从哪里来的？"他含混地说着，"我这是在哪里呀？"

"猎狗在这里找到你的。"桑迪解释说，"你今天早上没有到工厂，我们就担心了，于是开始寻找，出什么事儿了，汤姆？"

她的哥哥告诉他们受到乌鸦攻击的事情。

"什么！"两个人惊讶地叫了起来，桑迪接着说，"你可是非常幸运了，汤姆，如果乌鸦俯冲时没有水平滑翔，你就可能活不下来了，也不能和我们说话了。"

"我想你是对的。"汤姆微微地笑了一下。

"我敢打赌，"巴德说，"无论是谁派出的这只乌鸦，一定会认为你已经死了。"

"一定是这样的。"汤姆低声地说，用手抓了一下自己的头。

"我们必须马上把你弄回家，汤姆。"桑迪说，"然后再细谈。"

汤姆回到了家，当天在家里休养身体，乔治·迪林和巴德对朋友受到伤害非常愤怒，开始到农村搜索。他们搜索了每一间农舍和仓房，查看水井、水池、地窖，看看有没有攻击行动的可能基地和后面的操纵者。

什么线索都没有找到，他们回来了。一无所获让他们有些愤怒，决心早晚要找到这个无赖。

汤姆听完搜索的结果后说："乌鸦的行动一定是从飞机或卡车上操作的，虽然我没有看到操作者。"

"你的说法非常有可能是正确的，汤姆。"巴德表示同意。

第十一章 钢质的肌腱

第二天早晨,汤姆坚持认为自己经恢复好了,可以上班了。斯威夫特夫人不同意儿子去上班,但是汤姆说:"不能因为几个抓伤就耽误机器人工作的进展,我不想这样,爸爸还指望着我的工作呐。"

"你得答应我一件事儿。"她说。

"那说说吧,妈妈。"

"在你没有彻底恢复前先不要去西部了。"

"好的,我答应你。"

汤姆绝不想浪费任何一分钟,他马上安排对无头巨型机器人进行测试检验。金属身体的最后安装已经开始,汤姆看着正在组装的巨型骨架,马达固定在管状的支架内。

为了消除机器人身体内机器产生的热量,汤姆设计了一个循环冷却系统,现在正在安装这个系统。

汉德森站在汤姆的附近,问道:"冷却系统是如何工作的?"

汤姆解释,这是一种高度顺磁液体,他们是交替磁化或去磁化,以恒温器控制速度。

"这会让机器人体内的温度保持在恒定的温度。"汤姆补充说。

"明白了。"汉德森说,"但是如何防止外面的热量呢?你的机器人还要应付原子能电厂的环境。"

"噢,我采用的是石棉纤维。"汤姆回答说,"这是用石棉纤维混进塑料基质中而形成的物质。"

汉德森摇头说,"我给你办公室做机器人模型时,发现你在活动关节上使用合适比例的外壳的确需要做很多的工作。"

那天下午，汤姆给两个机器人进行了测试，对所测的结果非常满意，所有的马达工作都非常完美，现在只是头上的电视摄像机眼还需要完成。

"做完这次试验我们还有很多时间。"他感到很满意，朝着自己的办公室走去。

晚班的职员来了，他和马可打招呼，他知道马可一直会等到他离开，然后把办公室打扫得干干净净的。

汤姆抓起一些没有打开的信件，把他们塞进自己的口袋，准备离开。最后他又看了一眼，觉得一切妥当，带有秘密数据的文件都已经锁了起来，在自己的桌前走过时，他拍了拍办公桌上的蓝天女王模型，就离开了办公室。

"晚上好。"他对看门人说，他正站在大厅里。

"晚上过得快乐。"马可说。

汤姆朝向大楼的出口走去，他是最后一个离开的。快要到工厂的大门时，年轻的发明家突然想起把机器人脸部的草图落在了办公室里，他还打算回家继续改进一下。转过身来，汤姆进入锁着的办公楼里，向大厅走去。

突然，他看到的一幕，让他惊得停下脚步。马可踮着脚从他的私人办公室走了出来，他的左胳臂抱着蓝天女王的银质模型。

第十二章 秘密录音机

"马可！"汤姆大喊一声，"停一下！"

任何东西都不能拿出汤姆的私人办公室，这是非常严格的规定，汤姆完全没有弄明白为什么马可不遵守这个规定。

"你想把这个模型拿到哪儿去？"汤姆问到。

看门人吓了一跳，差一点就把蓝天女王的模型掉在地上。

"你为什么，嗯，回来了呢？"他结结巴巴地说。

"你拿这个模型想做什么，我在问这个问题。"汤姆毫无让步之意。

"嗯，我，我一直特别喜欢它，汤姆。"看门人迟疑一下说，"这就是为什么我拿了它。"

汤姆便直截了当地说，"你这是什么意思？"

"我想给他好好地洗一洗。"

"清洗它！"汤姆打心底里被弄糊涂了，马可说的是不是真心话呢？据这个年轻发明家所知，这个看门人是值得信任的，"你一直在办公室里清洗它吧？"

"噢，是的，但这一次我想给它彻底清洗一下，我，我想把它洗净后再擦亮它的翅膀。"

"我明白了。"汤姆回答说，"现在不用这样做了，马可，请把这个模型放回到我的桌子上。"

"好的。"马可接受汤姆的建议，转过身来，慢慢地回到办公室，双臂抱着飞机的翅膀。

"我想我一定把这个可怜的人吓到了。"汤姆边想边寻找要带回家的画草图，"但是，他故意破坏这个规矩，的确有些奇怪。"汤姆盯着这个模型看着，模型也不需要擦亮，那么，为什么……

汤姆在办公室坐了很长时间，思考着。他用手指敲着自己的桌子，反复地思索着今天发生的事情，他不停地想着那个场面，看门人的解释太不让人满意，但是汤姆不想接受马可有任何恶意的想法。

汤姆没有想得太多就来到了安保办公室，如果马可奇怪的行为后面有什么恶意的话，他的记录中一定能反映出来。

档案都已经缩微到微胶片上了，汤姆把拨号盘拨到马可个人的历史关键编号，扫描机器很快找到了正确的卡片。

马可的卡片有60页的信息，全部缩微到7×14厘米的表面上，汤姆把卡片放进了投影仪中，快速地浏览了这个人的记录。

"没有一件事对他不利。"汤姆对自己说。

马可没有做过很多的工作，所有的岗位都是可信的，他在企业集团工厂的斯威夫特办公室做看门人已经有六个月的时间，在此之前他在一个中西部叫作布莱克斯通的私人精神病医院做特勤安保。以前的雇用单位的推荐人对他的评价都很高。

汤姆关上了投影仪。"我得出的结论有些匆忙。"他自言自语地说，然后打算回家。

研究一会儿机器人头部的草图后，汤姆想要休息了，但是几

第十二章 秘密录音机

个小时后,他还是没能睡着,尽管他很努力,但他还是无法摆脱对马可有所怀疑的想法,这个想法让他很受煎熬。企业集团里面有内奸,这能是谁呢?

年轻的发明家知道,如果找不到答案,他是无法让自己平静下来的,马可对他的态度让他不安。因为无法入睡,他决定再回到工厂上班。于是他悄悄地起床穿好衣服,这样他不会吵醒家人,然后开车去了斯威夫特企业集团。

他同样悄悄地进入了办公大楼,走廊里空无一人,他快速地朝自己的办公室走去,发现自己的办公室的门是开着的,他悄悄地走了进去。

灯是开着的,但是里面没有人,汤姆的眼睛落在了桌子上,上面的蓝天女王的模型不见了!

汤姆怒火中烧,马可在欺骗谁呢?把这个东西拿走,他在玩什么神秘的把戏?他的气愤还没有消除,他就听到了走廊里的脚步声,汤姆下意识地藏在了一个沙发扶手椅的后面。

马可走进办公室,带着这个模型,他把模型放在桌子上,完全和汤姆离开前位置一模一样,然后他转过身去,快速地离开了办公室。

"哈呀,真是奇怪了!"汤姆自语说。

就在这个时候,他准备好从椅子后面跳出来,追上他,但是他迟疑了一下。他必须弄明白是什么东西让他的这个模型这么重要。

汤姆轻轻地拿起了这个模型,认真地检查着。初看起来,没有迹象表明这个模型被动过手脚,但确有一些东西感觉有些不同,汤姆从不同的角度观察这个模型。

"我明白了。"他自语说,"这个飞机变重了,比它原来重了点!"

汤姆开始摆弄模型上面可以活动的部分,他旋转它的轮子,然后细看它的操纵面,他取下飞机的方向舵,突然飞机的底部脱落下来,同时还掉下来了一卷录音磁带。

汤姆一下子震惊了,抓起这卷录音磁带,再看看模型的里面,看到了磁带轴和录音磁头,他把手伸了进去,取出了一个微型的录音机。

"真是聪明呀。"他自语说,设计灵巧的机器,内部还有一个放大器,自己有电池,还有一个足以接收室内所有谈话的录音话筒。

汤姆注意到,微型化的水平与机器乌鸦的技术惊人地相似。

"同一个敌人!"他想,"但有一点是肯定的,不可能是马可,他一定是由一个有头脑的人派来的奸细。"

但这至少是一个泄密的地方!这就是消息怎样泄出去的!汤姆和他的同事们总在办公室开会,会议期间也会把一些最为秘密的计划进行公布,也许每天晚上马可都会来更换磁带。

年轻的发明家想把这些东西拿过来,再把这些线路撕成碎片。但他没有这样做,而是坐下来,反复思考这个间谍事件可能的后果。不一会儿,他小心翼翼地把磁带缠好,恢复它的工作状态。

"马可一定想不到我已经发现他了,今天下午在我去塞塔迪尔之前,我得做一些关于去西部和分程传递器的欺骗性的说明。"他叹了一口气又开始思索起来,"最近的磁带非常可能正在转给敌人的路上,还好今天在这里没有讨论任何秘密。"

第十二章 秘密录音机

汤姆决定，现在最为重要的是马可的每一个行为都要有监控，他偷偷地溜出办公大楼，没有人发现他，然后快速地开车回家了。他马上去了阁楼，在这里他有一个短波无线电，在超级秘密通讯时使用。拉德纳家里也有一个同样的设备。

凌晨四点钟的时候，安保主任从熟睡中被无线电扬声器的一连串的尖叫声吵醒了。他迷迷糊糊地抓起听筒。

"什，什么？"他含糊地问。

"我是汤姆。拉德纳，我找到了秘密泄露的地方了！"

"什么！"拉德纳一下子全醒了过来，汤姆向他说明了他所了解到的一切。

"成果不小！"拉德纳大声说，"马可会在三个小时后离开工厂，我希望有人跟踪他，安保部门要马上选出一个夜班看门人做这项工作。"

汤姆挂上电话以后，他紧张的头脑放松了下来，至少神秘的事情变得清晰了。他钻进被窝，很快进入了平静的梦乡，这是几天来头一次睡的好觉。

汤姆睡觉时，拉德纳开始在这个没有意识到被发现的看门人周围拉起了网，在马可家的路上建起了很多的检查点，他的家正在被严密地监视。汤姆和拉德纳交谈完一个小时后，工厂的侦探出现在走廊中，监视马可的每一个动作。

早晨到来了，看门人打卡后，按通常的路线回家，侦探跟在后面，只有一次变更了路线，把一个很厚的信封投到信筒里。

汤姆到达工厂后，他直奔安保办公室，拉德纳正在那里，研究马可的个人记录。

"我要再检查一下这些信息，汤姆。"他说，"我们还要再检查一下他的背景，我要筛查马可的每一个熟人，看看与毕金团伙有没有联系。"

"你想从哪里开始？"汤姆说完，随手翻着这些表格。

"第一个让我停下来的是布莱克斯通。"看了一眼自己的案例本后，拉德纳说，"我要去精神病医院和认识马可的所有人交谈一下，我在哪里能找到你？"

"我今天下午打算去塞塔迪尔，所有的事情都准备好了，我现在就要走了。"

"这样的话，我在原子能电厂和你碰面。"

突然，汤姆记起自己必须在离开前对着藏在蓝天女王模型中的录音机说一些欺骗的信息。完成以后，他对自己笑了，欺骗的信息会摆脱敌人，至少暂时是有效的。

菲利斯和桑迪下午早早就来了，带好了行装准备旅行了。修好的蓝天女王刚从飞机修理间中出来，进行完整的检修后从她的飞机库中被升到地面。

机身在阳光下闪闪发光，滑动到装卸场上。两个女生马上登上了飞机，然后是汤姆、巴德、汉德森和制模工程师汉克·斯特林，汉克也参加这次旅行，负责装卸货物。

第一个重要的物品是斯坦·李，这是一个扁平脸的行走机器人，汤姆打算用这个机器人做一个进出原子能电厂的试验。下一个货物是无人机，将要用来在塞塔迪尔上面飞行。最后一个被拖入的是一个矮矮的、三角形的直升机，叫作滑行船。

一切都已经准备好了，两个女生问乔去了哪里。

"随时为您服务。"厨师跑到他们面前回答说，他的衣服非常花哨，大家都没有见过。

"哇!"巴德喊叫起来,"你这样的衣服好像是想把飞机再点着吗?"

乔笑了一下,低下头看着他自己火红色的衬衫。"哈哈,我觉得这件衣服非常便宜!但不要嘲笑落后地区的购物好吗?看看我在肖普顿镇挑选的东西。"

乔说着从自己的包里拿出一件亮黄和亮绿相间的彩格衬衫,"这件衣服一下子把我吸引住了。"

"这东西都能吸引你?"巴德带有挑衅地说。

旅行者们向他们的家人挥手告别,然后登上了飞机。蓝天女王向地面喷射出燃烧的气流,银色的飞机震动起来,直线上升,升到肖普顿镇3千米的上空,然后启动了向前的推动器,向西飞去。

第十三章　可疑的亚弗

汤姆飞行在商业航道上方，且高出很多，把蓝天女王设定在自动驾驶状态，确定雷达和提醒铃处于工作状态，飞机朝向原子能电厂方向飞去。下面有很厚的云层，让人看不清地面，飞机上所有的人都舒服地坐在飞机的大厅里聊天。

"汤姆。"菲利斯·牛顿说，"请你给我们介绍一下巨型机器人的最新进展吧，再介绍一下斯坦·李要进行的实验？"

年轻的发明家笑了，他知道桑迪对于这一切了解得很多，已经把很多的事情介绍给她的朋友，他努力想找到菲利斯可能没有听说过的某一部分项目。

"正像你知道的，原子能在一个独立的混凝土空间内开始工作。"汤姆开始介绍说，"这里不可能有任何生物，假如原子能的活动停止下来，完全清除里面的铀，放射活性也会将人杀死。"

"所以，如果工厂里出现什么情况的话，维修工作到现在为止，还是不可能的。"

菲利斯插嘴问："工厂内能发生什么样的问题呢？"汤姆说还有很多的可能的困难，冷却系统可能会引起腐蚀，从而导致泄露。镉棒也可以耗尽、裂解或者卡在某一个位置。

"热耦合——用来测量温度的电热计量器,很可能需要更换。"汤姆接着说,"那么,像我们知道的那样,任何一个建筑都会受天气和地面干扰的影响,工厂内部的水平结构可能会裂开,需要用灰泥维修,很多金属也会生锈,所以这些东西需要不时地涂上油漆——这是巨型机器人两个最基本的工作。"

巴德说机器人还有一个很重要的用途汤姆没有提到,"这和故意破坏有关。"他说。

"塞塔迪尔有这么好的保护还能受到破坏?"菲利斯问。

"很容易的。"桑迪说,"有人可能会往工厂扔炸弹。"

"这就是为什么要在爸爸的工厂上方建立一个无人机系统。"汤姆说,"那么,任何骗过我们的安保人员的人都可能制造炸弹,外形和铀块很像,可能会随着铀块一起混进来。"

巴德吹了一下口哨:"如果真的有这个爆炸,我的老天爷!那就不会再有原子能电厂了。"

"但这种情况在塞塔迪尔不可能发生的。"汤姆说,"假如炸弹能在工厂里面爆炸,那也不可能毁掉工厂,但只有机器人能够恢复受损的反应堆。"

"再给我们讲一讲斯坦·李的工作吧。"菲利斯说。

汤姆说:"这次旅行中他要做的事儿,是到处走一走。首先,我要确定控制面板性能良好。第二,斯坦·李要在正确的时间转身,在得到信号时,他要在建筑物内做出反应。"

大厅的后面传来了敲门声,年轻人转过头去,看到乔站在那里,满脸堆笑,他拿着一个大托盘,上面堆满了三明治、饼干和牛奶。

"如果你们能停下来,拿出足够的时间来吃一些美味的快餐,我会很高兴地送到你们面前。"

"快把这些东西拿过来吧！"巴德大声说，"三明治里面都是什么呢？但愿不是仙人掌特色菜，我可没有那么饿！"

乔没有理会巴德的话，把托盘放在了壁桌上。

他托着长腔："我总在说，如果你们用脑太多的话，你们就忘了你们的胃了，那你们可要得病了，是的，先吃美味的快餐吧，然后你们继续。"

桑迪大笑着说，自己想不出有更好的办法继续开会了。

巴德可不想轻易地放过厨师，他咬了一口三明治，咳了几声，大叫道："我的天呀！这比仙人掌还难吃！味道像水泥和红辣椒！"

这位曾经当过流动炊事车的厨师看起来有些受伤，他说："巴德·巴克利，你们吃过这些东西才知道这东西是好吃的，这只是一般的鸡肉三明治——有一些碎干果和辣根汁。我是从其他厨师那里学来的。"

"好吧，你可以把你的菜谱还给他了。"巴德回嘴说，巴德的眼睛里的眼泪都要掉下来了，最后乔承认自己可能是在三明治里放多了辣根。

突然，巴德想起来了，这个三明治不是他自己选的，是乔递给他的。他用怀疑的眼睛看着乔，还没等他说出什么来，乔早就溜走了。

汤姆都要笑翻了："我想，巴德，你以后不会再嘲弄乔厨师做的饭菜了。"

其他的食物都非常好吃，斯特林和汉德森说，如果这算是一次美食品尝，他们会投乔是西部最好的厨师。

第十三章 可疑的亚弗

两个小时后,他们飞到了受侵蚀严重的农村上空,汤姆回到了驾驶座位上,飞机的下面是一些巨大的黑石,风化让他们裂开了口子,如同石子一样散落在地上。

这里到处是丝兰树,树的棘伸向干燥的空中。几分钟后,他们飞到了开阔的平原地区,明显能看出这里有人处理过。

"我们已经到了!"汤姆宣布说。

在一块平地上,矗立着一个现代化楼群,距楼群不远处的一边是宿舍区,在周边散落成转轮样的是实验室和办公大楼。

在最中间的位置是一个长长的、方盒子样的四方体,这是一个混凝土的建筑,没有窗户,墙壁很厚,上面只有通风井,这里面装着的是原子反应堆。原子反应堆一般装在一个封闭的、双层混凝土墙的里面。

当汤姆在这片区域上空盘旋时,巴德问在哪里降落。

"在离这里16千米的地方降落。"汤姆回答说,然后飞离工厂,"在城市和塞塔迪尔中间的位置,这样对大家都比较方便。"

现在他关闭了向前推进的发动机,让喷气式推举器运转起来,然后他一点点关闭发动机,飞机接触到地面,飞机上的人都下来了,菲利斯说:"看看这个地方!我们所能看到的一切只有岩石和荒地。"

汤姆告诫女生们在这里走动一定要穿靴子。"一定要小心蛇和大毒蜥。"他警告说。

根据安排,巴德和女生要待在蓝天女王里面,乔陪着他们,他们可以从这里驾驶直升机去观光,汤姆乘吉普车往来于塞塔迪尔通勤。

"如果那一片烟雾是我想象的那样，现在会有一队卡车来接我们，还会把设备取走。"他说。

几分钟以后，卡车开到了飞机的前面。卡车把沙土搞得四处飞扬。三辆卡车是接汤姆、斯特林、汉德森和设备去工厂的，第四辆还在路上，要到居住地去取信件。

汤姆对巴德说："我在组装机器人的时候，为什么不陪着女生们出去看看呢？你现在可以搭取信的卡车进城里看一下。我听说这个城很古老，只有一条街。"

这可引起了他们的好奇心，于是女生们和巴德爬上了卡车，一起出发了。

汤姆、斯特林和汉德森使用蓝天女王带来的起重架和绳索，把小型的行走机器人搬到卡车上，并用旋转臂起重机把无人机弄到另一个拖车上。

到了六点钟，车队向荒地开去，直奔工厂。卡车在荒地上行驶，躲避巨石和溪谷。

在卡车前行时，汤姆和两个技术顾问讨论他们的计划，汤姆告诉他们，他在办公室里给录音机留下了错误的信息，这些信息应该能误导毕金团伙，避开与他们的相遇。

"不要太靠着这个，汤姆。"汉克·斯特林说，他一直在观察着天空，"看看那群刚从地平线上飞过来乌鸦。"

这群乌鸦，在太阳的映衬下显得更黑，直接向卡车队行驶的路线飞行。汤姆仔细地看着，不一会儿，车队就要驶出平顶山的影子，驶入一个岔路口。

"做好车队分两路的准备。"汤姆用无线电对其他卡车喊

第十三章 可疑的亚弗

话,然后对汉德森说,"用你的双筒望远镜看着它们。"

汉德森抓起双筒望远镜,仔细地观察这些鸟。"他们不是乌鸦!"他报告说,"无论是真的还是机器的,它们是秃鹫!"

他们放松地呼了一口气,汤姆向他前面的驾驶员撤销了刚才的命令。

"我从没有因为看到秃鹫而如此高兴过。"他讽刺地笑了一下,"我还是认为他们相信了我说的假消息,他们去别处找我们了。"

"你认为他们收了信息了?"斯特林问。

"我们能够相信马可已经把那封信寄走了。"汤姆说,"另外,拉德纳已经去了布莱克斯通医院,检查所有和马可相处得很好的工作人员或病人。"

斯特林紧张了起来:"你认为一些精神病患者可能和这些事情搅在一起了?"

"有这种可能。"汤姆说。

车队马上就要到达塞塔迪尔了,在距离工厂1600米的位置看,工厂矗立在那里就像一座堡垒。

最后他们到达了围在整个设施外围的带电铁丝网。汤姆停在敞开的大门前,这里有门卫的岗楼。其他的卡车一辆接一辆地停了下来。

安保人员身穿制服出现在汤姆的卡车前。"这是斯威夫特车队吗?"他问道,看了一眼驾驶室。

"是的。"汤姆回答说,看到安全措施执行得很好,非常高兴,"这是我们的通行证,我是汤姆·斯威夫特,这是斯特林先生和汉德森先生。"

穿制服的安保人员接过通行证，仔细检查，告诉汤姆和斯特林可以进入，接下来他摇了摇头说："对不起，我不能让你进入，汉德森先生。"

"什么！"汤姆几乎从驾驶室跳了出来，"这个人是我们的模型制作主任，他曾建起了这个工厂的等比复制模型！"

汉德森没说话，汉克·斯特林向前探过头去，有些愤怒和不解："为什么他不能进入？"

"他的安全许可证还没有从调查局发过来。"安保人员说，"我不管他是谁，他不能进入。因为我们收到了你的许可证，小汤姆·斯威夫特，但是没有收到汉德森的。"

汤姆一下子推开车门，跳到地上，他知道安保人员在按照要求尽职工作，是不会让步的。

"把你的执勤电话给我。"汤姆用坚定但礼貌的语气说。

他打电话给工厂办公室，和爸爸讲话，一会儿斯威夫特先生来到了门口。

"我对这个事儿一点儿都不知道，汤姆！"老发明家说，"我不太理解！我们申请过你们三个人的许可证了。"

汤姆再也控制不住自己的情绪了，他按一下电话筒座："给我接一个长途。"他告诉话务员，招呼安保人员过来听电话。

他解释说这个电话有些紧急，很快就接通了电话，和调查局核对后发现，三个人的许可证都已经发了出来。汤姆快速来到汉德森面前。

"你的身份是明确的，亚弗·华盛顿马上发电报过来。"年轻的发明家有些沮丧，"但这解释不了你的文件出现了什么问题。我想是不是有可能我们的敌人通过某种手段得到了通行证，

就是为了耽误我们?"

安保人员向汉德森表示道歉,打开大门,让车队进入。

后来,他们检查了不同的实验室和车间,汤姆、斯特林和汉德森对精细的设计和工程布局都非常满意。最后斯威夫特先生带他们来到主建筑,这是一个白色的混凝土建筑,里面是有四层铅和混凝土围墙的走廊,有一层墙上设有差转台和电视板,用来传递与在里层工作机器人的信息,主遥控面板在一个独立的建筑内。

"汤姆,我希望你的巨人在必要的时候能给炉子添加铀块。"斯威夫特先生说。

"他会做这些的。"汤姆信心十足地告诉爸爸。

"那么,我们就看一看这个建筑的内部情况吧。"斯威夫特先生说。

在这个巨大的内部结构里面,有一个巨大的铅块与混凝土管道顺着排在一起。

"看起来很像是一个巨型的蜂巢。"斯特林说,"我猜铀块是通过这些运到反应堆里面的。"

"非常正确。反应器的心脏就在中心的位置,在这里铀与中子发生碰撞,形成不同的反式铀元素,然后从反应堆中取出,机器人利用在那边儿装备齐全的化学实验室分离出新的元素。"他指着一个围起来的地方,墙壁边上摆满了必备的化学试剂,都装在防辐射的容器内,"完成这些后,他把所这些东西准备好,运送到医学和科学机构。"

"那么,生产的废料——例如铀块,都弄到哪里呢?"汉德森问。

"汤姆的机器人将通过一个通道运到一个我们建立的地下湖里面，这样，放射废料不会污染到任何生物。"

接下来，斯威夫特先生带他们来到户外，来到了一个离反应堆不远的小的混凝土的建筑。

"这里是汤姆和其他操作者接受机器人报告并发出指令的地方。"斯威夫特先生解释说。

从外表看，这个建筑很像机关枪的子弹夹，而不像一个控制室。但进到里面就会发现，这个建筑的功能非常明显，里面有一个大的彩色电视屏幕，周围有扬声器和几组示波器，控制旋钮和按钮都安在一个桌子高的面板内。汉克·斯特林和亚弗、汉德森好奇地仔细看着放大器的架子。

汤姆带大家看卡带图书馆。"这些卡带对机器人操纵人员非常有用。"他说，"他们不必对机器人的常规动作或运动进直接控制。实际是，我们可以插入几千个不同指令卡带中的一个，让机器人能够摆脱我们可预见到的每一个困难。如果出现了不可预见的困难时，操纵人员将会接管过来。"

"这很让人惊讶。"汉德森评论说，"我开始产生了对这个巨型机器人和他的发明家的尊重之心了。"

"多谢了。"汤姆笑着说，"好了，今天我们就看这么多了，明天我开始和斯坦·李一起工作。"

汤姆、亚弗和斯特林在他们的一个宿舍内过夜，第二天起得很早准备工作。吃过早饭后，老发明家说："儿子，我估计你很想知道机器人进入工厂的巷道，你会发现这是按你的要求建造的。"

"好呀。"汤姆说着笑了一下。他一直在为通行空间的事情着急,因为他的巨型机器人的天线需要精确到厘米以下的水平。

斯威夫特先生提醒儿子:"巷道已经修好了,但一定要注意脚下。可能会有不牢固的混凝土块没有清除干净。"

"我会小心的,爸爸。"

他们一起来到巷道洞口,到处张望着。有一个金属的梯子通到洞底,以后会用轻便梯代替,供巨型机器人使用。

汤姆拿起手电筒,从梯子下去。他抓着梯子,在他抓住第三个横档时,洞口上面突然产生了耀眼的闪光。

梯子折断了,年轻的发明家滚到了洞里。

第十四章　奇特的原住民故事

脱落的泥土和混凝土撒落在汤姆的身上，他连咳带呛地在碎石堆里挣扎着钻了出来，在这个飘满灰尘的小室内艰难地呼吸着。

在他的上面一切都死一样的寂静，汤姆有些担心他的爸爸和朋友们的安全，他知道回到地面的唯一方法就是从巷道进入工厂。

他的手电筒被埋在了碎石中，他跌跌撞撞地顺着漆黑的过道中摸索着前行，防止掉到什么东西里面。

他的脑子里一下子千思万绪，爆炸是怎样发生的？几个月前在挖掘地基时已经清理完所有的爆炸材料了，打那以后肯定没有一个工人带进来炸药，但是后来发生了什么？

前面不远处见到了淡淡的光亮，说明已经到达了反应堆的基底了。他开始奔跑，进入到一个宽敞的地下室。这里的光线很好，由于天棚比较低，所以看起来显得更大一些，这里正对着上面的反应堆框架地面。

汤姆四处看看，寻找出口。他发现一道门，快速地登上了楼梯，进入了这个部分的双层墙之间。因为这里距反应堆最近，所以称为"热"走廊。他又跑了起来，先向左，很快想起来出口是在另一个方向,又往右侧跑去,最后来到了熟悉的差转台和出口。

来到外面后,映入他眼睛的是一片混乱:建筑材料堆里的木板和砖头散得到处都是,护士和医生正在护理受伤的人员,两辆救护车停在巷道口。汤姆朝着混乱的人群快步走去。

"爸爸!"他喊道,"出什么事儿了?斯特林和亚弗哪儿去了?"

"西弗的头被飞来的石头砸了一下,斯特林已经被送到医院接受治疗了,他的脚被弄伤一个口子。"

"有人受伤很严重吗?"汤姆问。

"很幸运没有人受重伤,也没有人知道是什么引起的爆炸。"

这时一个安保人员跑了过来,他的手里拿着几块金属碎片。

"我们在爆炸区发现了这些东西,斯威夫特先生。"他喘着气说,"这是炸弹壳的碎片。"

"对这些碎片做分析没有?"斯威夫特先生问。

"实验室正在分析部分碎片。"安保人员说,"我们认为炸弹是从飞机上投下来的,而且没有被我们的雷达望远镜发现。"

汤姆和爸爸交换了一下眼色。"毕金那些人?"他们问自己。

"或许是一些反对原子能的怪人,他们想让我们回到石器时代。"汤姆有些苦恼地想着,然后大声地对斯威夫特先生说,"爸爸,这个工厂非常需要无人机保护。很遗憾,我们只能带来一架无人机,我会放下手里的所有工作,让它尽早升空。同时我们会再从肖普顿镇多调过来一些。"

半小时以后,斯特林和亚弗坚持认为自己已经没有问题了,

第十四章　奇特的原住民故事

要回来帮助汤姆完成任务。他们一起来到拉着无人机的拖车这里。

这架线条优美的无人机被滑到斜面上，最后滑到地面上，三个人把它推到一处宽大的空地。

一群好奇的科学家和工人围拢了过来，看着汤姆给无人机装上巡逻镜和蜂鸣器。工厂的电器师帮助他把塞塔迪尔的电源线连到控制面板上。首先是在地面试验，由汤姆操控面板，副翼扇动起来，方向舵转动着，升降器运动着、旋转着，所有的一切都按照他的指令反应。

"现在开始飞行实验。"汤姆说，他认为一切检测都已经彻底完成，"这里的条件与费林岛有很大的不同，低飞的无人机反应速度可能会慢一些，这样有可能会撞到锋利的岩石或平顶山。"

"我们必须测试它在飞行中是否可能遇到静电干扰。"他的爸爸建议说。

试验是很折磨人的，汤姆控制着蜂鸣器的控制面板，无人机滑过广袤的西部蓝天，它像一个银色的闪电，穿梭于林立的岩石之间，掠过深深的裂隙。突然这架无人机翻了过去，失控了。

"怎么回事，汤姆？"斯特林问到。

这些岩石平顶山，它们反射无线电波，就像电视出现的"鬼影"一样。

汤姆知道，无人机必须快速爬升。在他的操纵下，无人机好像是又接到飞行任务一样，爬升到最高点后，无人机恢复了平衡。

"唷！"亚弗放松地喊了一声。

几分钟以后汤姆让无人机降落在地面上。

"我要设置几个补偿控制塔。"汤姆,"我们明天就能让无人机升空,它会按照在工厂上面连续飞行的模式飞行。"

汤姆决定打电话给企业集团工厂,给塞塔迪尔补充几架无人机。

"我们将需要五架无人机和一个耐用的控制板。"他说,"只有这样我才觉得这里的安全是有保障的。"

汤姆提出了对无人机控制塔的详细要求后,把这些内容交给了工程师,这时已经是晚饭的时间了。他告诉爸爸,他今晚计划回到飞行实验室去住。他开着吉普车回去,很惊奇地看到蓝天女王不远处拴着一匹马,他停下车,朝着巨型飞机的梯子走去。

到达门廊时他被惊得目瞪口呆,站在他面前的是一个魁梧的原住民,穿着鹿皮和斜纹粗布。

"汤姆。"桑迪在这个人的身后叫着,"我们还想开着车去工厂找你呢,这是罗布·费瑟莱特酋长,我们今天参观了他的居住地。"

汤姆放松了下来,笑了。他的妹妹不失时机地和她的邻居变成了熟人,而且这个邻居对他们的行动也很好奇。

"这个飞机可真是不错。"这个年轻的原住民说,大家一起来到了飞机的大厅里。

"今天下午酋长告诉我们一件事情,我想你也听他讲一下,汤姆。"桑迪说。

酋长开始讲他的故事:"我的居住地出了一个乱子,这是由一只黑乌鸦引起的,这只鸟每天都在上面盘旋,太阳落山后离开。"

汤姆与其他所有的人交换了一下眼色。

"但是这只乌鸦和普通乌鸦的飞行不太一样,和鸟不一样,有的时候飞的速度特别快,可把我们这些人吓坏了,长老会认为这是恶鬼,以一种超凡的形式返回地球。"酋长停了一会儿,然后补充说,"我原来在学校当过老师,所以了解得多一些。"

汤姆激动地问:"这只乌鸦,接近过地面没有?"

"只有一次,一位很好的年轻弓箭手,想把它射下来,但是他的箭被弹了回来。"

汤姆的眉毛担心地皱了起来,毫无疑问,这只鸟就是无赖般的乌鸦,正是要杀死他的那只乌鸦。

桑迪看着她的哥哥,眼睛里流露出害怕的神情:"噢,汤姆,我有些害怕,你到了哪里都不安全。"

第十五章　残忍的试验

罗布·费瑟莱特酋长不解地看着斯威夫特兄妹和其他人，汤姆告诉他这是一只遥控的机器鸟，控制点可能在飞机上。他省去了吓人的细节，只是把结果告诉了他："乌鸦是一个科学家的发明，他想控制我们的秘密发明，我敢保证他们不会伤害你们的，告诉你们部落里的人不要紧张，乌鸦只是试验飞行。"

酋长看起来很满意，站起身来，说自己一定听从汤姆的建议行事。年轻的发明家告诉酋长，一旦再有乌鸦出现时把情况告诉自己。酋长点头称是，走下梯子，策马扬鞭而去。

乔摇响了自己随身带来的铃当，告诉大家马上就要吃晚饭了。这才让紧张的氛围放松一些，铃声自然给大家的脸上带来了笑容。

厨师说："今天晚上在星光下吃烤肉。"于是大家急忙向门口走去。

乔安排了一个流动炊车模式的晚饭，大家围坐在噼啪作响的炭火周围，女生们坐在石头上，男孩子则盘腿坐下来。

在乔炖一大块肉的时候，斯威夫特先生也来加入他们一起度过这个夜晚。

"是的,先生。"这个聪明的大厨对着汤姆狡黠地眨了一下眼睛,"没有什么赶得上明火烤牛排了,蜥蜴肉一般也是这么吃的。"

桑迪无论如何都笑不出来,她总是忘不了哥哥头上时刻悬着的危险。

"你得想一些办法,汤姆。"她最后说。

"我正在采取可行的措施。"哥哥很轻松地告诉她,然后,就当玩笑一样地补充说,"你想我能在帽子里带着一个畸变器到处走吗?"

"是的。"桑迪回答说,"这可是一个很好的办法。"

"我也同意。"菲利斯接着说,"你是需要这个东西,这样我们就少些担心。"

巴德也认为两个女生的想法是正确的:"从实际的角度看,只不过是要把畸变器做得小一些。"他假想着做成一个缩小版的仪器,安在帽子里面的顶部框架上。

汤姆已经从口袋里取出了铅笔,在地上画起了草图。"这应该能做到。天线缩小一些还是可以有效的,比如说……"他停了下来,"但我没有那么大的帽子。"

紧张的氛围已经消除了,晚上大家过得很愉快,乔给巴德和女生们纺着过去西部的毛线,汤姆待在飞机的实验室里,重新设计他的小尺寸畸变器。

第二天早晨,四个年轻人和斯威夫特先生起床后,看见大厅的桌子上已经摆上了很多的甜燕麦饼,桌子上还有三顶帽子。

"这些都是哪里来的?"汤姆有些不解地问。

乔笑了一下:"我在城里的百姓商店买来的。"

"乔·温克勒!"汤姆惊讶地说,"你这个老头子!真是奇了怪了,你昨天晚上才知道我要这种东西。"

汤姆知道忠诚的乔是不会开吉普车的,蓝天女王上也没有他会骑的马。

"那你是怎样进城的呢?"汤姆问。

"哈哈,我可怜的初升的太阳。"厨师说,"早晨走一走对于打开胃口会有神奇的作用。"

"我知道你们这些牛仔特别喜欢长途步行!"汤姆有一些责怪的样子,他知道进城得走16千米的路程,"好了好了,乔,好好交代吧,你是从哪里弄来的这些帽子?"

乔说这三顶帽子是给斯威夫特先生、汤姆和巴德的。他的眼睛闪着亮光,说:"你可以把你的畸变器放在里面,想放几个就放几个。"但他坚持不说出自己的秘密。

他们几个谢了乔,汤姆接着说:"我昨晚做了两个小型畸变器。爸爸,我给你的帽子里安一个,我的也安一个。我想巴德因为与印第安人打猎,用不到这种东西。"

巴德已经答应帮助女生们到平顶山探险。吃过早饭,男孩们把滑行船滑出飞机库,汤姆帮助妹妹和菲利斯登上飞机,巴德检查这个小直升机汽油是否够用。通过滑行船宽大的窗户,汤姆看到桑迪正在给自己的相机装胶卷,菲利斯把速写本夹在了腋下。他们挥手告别,期待着一天的快乐。

巴德登上了驾驶座位,四驱转翼桨开始慢慢转动,然后呼啸地快转动起来。飞机慢慢升起,略过荒芜地面搅起了飞扬沙土。

艳红色的直升机带着它的观光客越飞越远,渐渐变成了灰

色。汤姆一直看着它,直到再也看不见了。然后他开始转过来,着手在工厂测试机器人这个严肃的工作。

太阳刚出来的时候,一大群人就开始工作了,他们用吊车、动力铲清理巷道的碎片,等汤姆和爸爸到达的时候,他们已经能够让斯坦·李马上开始工作了。这个扁平脸的机器人引起科学界的骚动着实比直升机大得多。汤姆让安保人员确保所有人员都远离巷道口,以防再发生麻烦。他希望天空盘旋的无人机可以防止不友好的飞行物接近这个地区。

汤姆计划让这个测试的机器人走入巷道,然后进入工厂,巨型机器人在这里按照模拟的路线行走,这次他只使用自己带来的便携式的控制面板。

机器人被放到巷道下面的地面上。为这个复杂的旅途,汤姆在控制面板上同时放了三个行动卡带。斯威夫特先生同时用强光手电筒向敞开的洞口照着,汤姆合上了使用卡带的开关,金属探头开始扫描指令孔时,面板发出轻轻的嗡嗡声。

一会儿,斯坦·李开始僵硬地朝巷道走去,然后消失在视线内,它的动作只能通过控制面板上闪闪的小灯才能被我们知道。

"顺着巷道前行它得有几个转弯。"汤姆说,"当他到达反应堆的房间时,他需要完全转身,十二分钟后再回到这里。"

但五分钟后,第一个转向的小灯不停地闪着,这是出现危险的信号,斯坦·李出问题了!

汤姆关掉了电源:"它可能是摔倒了,爸爸!"

汤姆快速地爬下梯子,在巷道理跑着,机器人在一个原来认为是很容易的转身中失去了平衡。他面朝下趴在地上,胸部也被压扁了。

汤姆和他爸爸都到达了巷道的另一端，汤姆不解地摇了摇头："这个转身几乎是完全自动的，斯坦·李在肖普顿镇完成这个动作时，没有出现过任何问题。"

"这真有些奇怪。"斯威夫特先生也同意这个观点。

两个人仔细研究这里的情况，又检查了差转台，汤姆想起来，问题可能是出现在他们帽子里的畸变器上。

"我不太认同这个想法。"斯威夫特先生回答说，"这两个畸变器很小，它们的发射场太小了，构不成干扰。工厂里可能有其他被我们忽略的因素。"

斯威夫特父子两人回到了塞塔迪尔的办公室检测蓝图和电器安装的图纸。工厂的工程师也展开大大的建筑图纸，查找这里的电缆管道。没有发现一条接近巷道并可能干扰机器人操作的电缆。

"我想可能有别的更难找到的问题。"等到科学家们都离开后汤姆说，"斯坦·李失控的方式和喷气飞机被乌鸦劫持的方式是一样的，爸爸。"

"但我们的雷达人员没有报告附近有飞行物呀。"斯威夫特先生说。

汤姆点点头，皱起了眉毛："外围插手是不可能的，爸爸，那就是有人在工厂内接管了机器人的控制，但这是怎样实现的呢？"

突然年轻的科学家叫了起来："爸爸，丢失的控制面板！也可能是有人把它弄到这里来了。"

"不可能，汤姆，入职这个工厂的所有人都是我们知道的。"他停了下来，看着他的儿子，"你的意思是我们最好看一

下工厂里的个人记录?"

"是这样的,爸爸。"

斯威夫特先生带着儿子来到办公大楼的安全档案室。

"我不知道在这里能找到什么,每个人都是顶尖的科学家,有三个人,都是在自己领域的伟大人物,这个卡片,例如……"老发明家拿起了一个档案缩微卡,"里面有我们当今最伟大的物理学家的记录,罗伯特·特恩布尔。"

"这个人名下有很多研究发明,包括有名的介子专家特恩布尔,他们家族都有科学天分,他有一个同卵双胞胎的弟弟,叫雷蒙德,他是一位原子能物理学家,他也是一位了不起的人,只是精神上有病了。"

"出现什么事儿了,爸爸?"

"估计是工作过度了,我猜想是雷蒙德的研究工作太累了,精神过度疲惫后崩溃了。"

汤姆真的同情他,问是什么时候崩溃的。

"噢,大约是两年前,就在他的哥哥罗伯特入职到塞塔迪尔的时候。"

这时,短波无线电上面的灯光闪亮了,肖普顿镇来电话了。

"这是菲尔·拉德纳!"对方快速地说着,"我们已经得到马可在布莱克斯通精神医院的活动的进一步的报告。他好像是对其中的一个病人——雷蒙德·特恩布尔,特别友好,这个病人已经跑了!"

第十六章 秃鹫回来了

拉德纳汇报完关于精神病科学家消失的惊人消息后,停了一下,汤姆惊讶地说:"拉德纳,我想要特恩布尔逃跑的有关信息!把准确的时间给我。"

拉德纳汇报说,逃跑事件刚好发生一个月前。

汤姆想起来乌鸦攻击他的喷气式飞机和后来攻击蓝天女王的事情。

分程传递器丢失以后,毕金团伙想尽一切办法想弄到机器人,首先是冒充魔术师,然后是改名换姓的佐尔坦,再后来是马可奇怪的行为,还有工厂被炸,现在又是附近的乌鸦。

"这一定有某种联系。"汤姆认定这一结论。汤姆和拉德纳结束谈话后,把头转向爸爸,表达了他的这种怀疑。

"很难让人相信,雷蒙德·特恩布尔的名声能让他与银行劫匪联系起来。"斯威夫特先生说,"但是他的脑子出了问题后就会表现出行为奇怪。"

"爸爸,你对罗伯特·特恩布尔的忠诚有多大把握?有没有可能他也会搅到这件事中?"

斯威夫特先生略有所思地回答说:"我不认为他对我的忠

诚会有问题，但我弄不清楚，他对他的弟弟最近的活动能了解多少。"

"你看我们是不是马上和罗伯特·特恩布尔面谈一下？"汤姆有些着急。

"好的，汤姆，我不想怀疑哪个清白的人，但我们必须弄清事情的缘由，否则的话，我们的科学研究就会完全停止。"

他们马上来到了科学实验室，罗伯特·特恩布尔已经是五十岁的人了，笔直的身材，很潇洒。他的面色有些苍白，黑色的眼睛有些深陷，他有些陌生地看了一眼两位来访者，但还是热情地和他们打了招呼。斯威夫特父子马上告诉了他这个报告。

罗伯特·特恩布尔静静地听了一会儿，然后突然把他的实验围裙愤怒地扔在地上。

"斯威夫特先生，我对这种影射非常震惊！"他怒声地说。

斯威夫特先生仍是很有礼貌地说："我认为，如果我在你的位置，也会做一个调查。"

特恩布尔略微平静了一些，拣起地上的围裙，侧身坐在椅子上，好奇地看着斯威夫特先生和他的儿子："因为我的弟弟住进了布莱克斯通前的奇怪行为，我几个月来一直受到凌辱的同时还得为他担心，我以为一切都过去了，结果你们到我这里来告诉我他逃跑的事情，这个事儿我一点都不知道。"

"你们还责怪一个病人，一个把生命贡献给了人类进步事业的人，你们还说他和犯罪分子合谋，合伙搞破坏。特恩布尔绝不可能与这种黑手的背叛行为有关！"

"你说你一点儿都不了解你弟弟逃跑的事儿？"汤姆问。

"我听到这个消息非常惊讶和愤怒，我的家人根本就没有告诉我。"

"也许他们不知道他已经逃跑了。"汤姆试探地说。

罗伯特·特恩布尔从凳子上站了起来，他的动作太大，差点儿把凳子弄翻："我必须马上离开，和家里人联系一下，看看他们有没有雷蒙德的消息，可怜的雷蒙德！"

科学家把他的工作整理了一下，抓起几页纸，向房间外走去。斯威夫特父子觉得这次询问很有意义，但对于打搅了罗伯特·特恩布尔也有些不好意思，最后父子两人回到了自己的办公室。

他们刚要走进办公室，监视器指示灯闪亮起来了，这是从肖普顿镇发来的呼叫。

汤姆半开玩笑地说了一声："我猜想是不是又有什么麻烦了？"

电话的另一端，拉德纳的声音有些空旷："不好意思还来打扰你们，但又有事情了。"

年轻的发明家站直了身体。"出什么事儿了，拉德纳？"他快速地问。

"马可消失了！"拉德纳汇报说。

汤姆的脸色有些不好看，他们的关键联系人消失了！

拉德纳说，马可在城里的人群中消失了，骗过了尾随的侦探。第二天早上，他没有来上班，可能这个看门人已经意识到他受到了怀疑。

有可能是他知道磁带上故意录制了假信息，也可能从其他来源中得到了真实的消息。汤姆告诉拉德纳，他和罗伯特·特恩布尔见过面，然后就挂断了电话。

第十六章 秃鹫回来了

"可能我们有更多的麻烦了。"汤姆把拉德纳的报告告诉了爸爸。

"塞塔迪尔和里面的每一个人都可能是攻击的目标。"汤姆接着说。

他没有提及自己担心桑迪和菲利斯的安全,现在越来越说明这次的探险活动非常危险,所以现在希望她们能离他远一些。

此时,滑行船正在峡谷向上飞行,巴德·巴克利的驾驶技术很好,直升机已经在这个风化的岩石上方飞行了几千米,正在奇形怪状的粉色悬崖上空盘旋,然后在犬齿一样的、艳黄色的石群上空飞舞。他们在自然的拱形石灰岩下面旋转,桑迪趁机拍下照片,菲利斯快速地画着画。

后来,他们穿过原住民的居民区。奥多比的摩天大楼,一个高过一个,像在壤土上升起的石造的平台。桑迪透过双筒望远镜,清晰地看到原住民门前鲜艳的地毯。

经过一块长着蒿草的坡地后,他们看到了平顶山,在淡色背景的风光中,它就像是一座矗立在那里的堡垒。

"我们快到了!"

桑迪兴奋地说,这个巨大的平顶山正在他们的面前慢慢展开。

"还有好几千米呐。"巴德说,"在这样的地方,距离很有欺骗性的。"

到平顶山的确需要几分钟的飞行,但随着越来越近了,这个平顶山越来越有一种咄咄逼人的感觉。

"快看呀,它根本不是粉色的!"菲利斯大声说,"好像是铁锈色的。"

"等一会儿太阳要落山了。"巴德说。

"我们到不了那里。"菲利斯说,她的话语中有一些失望,"汤姆要我们晚饭时一定要赶回去。"

"我把滑行船拉高一些,我们在上面盘旋一下,看看有没有降落的地方。"巴德说。

直升机顺着平顶山的陡墙向上飞去。

"真陡呀。"桑迪吸了一口气,"而且真险呀,怪不得没有人能爬上来找金子呐!"

悬崖的边儿都已经被无数次的沙漠风暴锉成了非常锋利和奇异的形状,巴德小心地旋转着滑行船,他们在平顶山顶部找到一个可降落的地方。

"噢,快看!"菲利斯大叫着,"过来一群秃鹫,平顶山上一定有他们的窝。"

巴德让飞机平稳飞行,转过头看了一眼,他发现这些鸟根本就不是秃鹫,而是长着金属羽毛的飞机。他们是致命的乌鸦,完全可以控制直升机,还能把直升机投向岩石,让它变得粉碎。

突然,飞行开始晃动起来。

"滑行船怎么了?"桑迪叫了起来。

"都是这些鸟!"巴德大叫着,他用脚使劲地踩控制踏板,但这毫无用处,稳定桨失控了,驾驶舱开始旋转起来。

"坚持一下,我们要坠机了!"巴德发出警告。

直升机向下坠落,撞到了平顶山的边崖上,快速向山坡滚下。

第十七章　被困在平顶山

滑行船坠在了悬崖的边儿上。

"用脚踹开窗户！"巴德大喊。

桑迪的脚向安全玻璃飞去，砰的一声窗户向外裂开，桑迪一个打滚跳到平顶山上，菲利斯跟在她的后面爬了出来。这时，直升机已经开始顺着悬崖滚落。

女生们惊恐地看着飞机顺着斜坡坠落发出了咔咔声，可是巴德还被困在里面，飞机有一个旋翼被折断了，旋转着先落下去了。片刻后，有一块突出的岩石像一个伸出来的大手，挡住了滑行船。

女生们茫然地看着飞机的残骸，祈祷着巴德还能活着，他们在焦急地等待着，因为她们一点忙都帮不上，几秒钟的时间就像是几个世纪一样漫长。

突然，桑迪抓住了菲利斯的胳臂。她听到远处传来嘎嘎的声音，变形的舱门被慢慢地打开了，巴德蹒跚地从里面走了出来，看起来没有受伤，女生们叫喊着他的名字。

"我觉得这有些像一个轮子的三轮车。"巴德回答说，他的声音刚好能被两个女生到，"摔得还不太严重，人没有摔摔碎。"

第十七章 被困在平顶山

桑迪和菲利斯放松地出了一口气,但是她们的高兴是暂时的。巴德还没有脱离险境,他所在的位置并不牢靠,在悬崖的中间,他既不能爬下去,也不能找到落脚点爬上来。

巴德意识到自己的处境没有办法,但是他知道自己绝对不能惊慌。

靠着直升机坐好后,他看了一下周围的情况,从这里下来是不可能的,悬崖壁与荒芜的地面是竖直的,一个失足就会让他掉落到下面突起的巨石上,弄得粉身碎骨。

他唯一的机会就是向上爬,但爬上去必须得有一个最基本东西,那就是绳子。

巴德在飞机遗骸中检查了一下,没有绳子,但有控制电缆,在机舱里有电缆连接到引擎和旋翼。

巴德去取来紧急工具箱,顺着电缆的方向把它们剪了下来,这是一个很慢、很累人的工作,剪下最后的一段时,他的手被磨得发红还起了泡。

有电缆当作套索,巴德把它系在突起的岩石上,然后在口袋里装上了工具,他顺着绳子爬到壁架上,到了这个位置后,他才可能把电缆抛给桑迪。桑迪从悬崖上探出身体接绳子,菲利斯在后面拉住她的脚踝。

桑迪第一次没有抓住电缆,但第二次抓住了,然后把电缆系在一个非常结实的石柱上,巴德先用力拉了拉电缆,石头有些松动。

"噢!"碎石块从他的旁边飞落下去,他大喘了一口气。

这一回,两个女生把电缆系在一个埋得很深的大石头上,电缆系得很结实,巴德给自己捆了两圈,向后一仰,腾到了空中,开始向上爬去。

向上爬的速度很慢，也非常艰难，巴德小心地抬起一只脚，然后再抬起另一只，来回摆动着以保持平衡，差不多用了二十分钟，他才安全地回到了女生们的身边。

"谢天谢地！"两个女生大声说，她们心情终于放松下来，给巴德一个拥抱。

巴德笑了一下，但是他的体能消耗太大，已经没有力气讲俏皮话了。过了几分钟后，他们才意识到问题的严重性，他们得等几个小时后，才可能有人意识到他们下落不明，派出搜寻队找他们。

"至少我们现在都安全。"桑迪泰然自若地说。

"但是乌鸦可能会再回来的。"菲利斯担心地说。

巴德自信地摇摇头说："我觉得他们已经完成今天要做的事情了。"他向下看一眼已经损毁的直升机说，心里还在想着刚才可真是与死神擦肩而过。

但是，他们的处境还远不能乐观，他们没有食物，也没有衣服。在这个光秃的平顶山上，找到一条小溪的可能性几乎为零。如果他们待到太阳下山，他们必须得忍受夜里的寒冷，而且他们穿的衣服很少。

巴德意识到现在特别需要心理学的知识，来鼓励两个女生不要害怕，于是，他趴在地上，抓起了一把土边思索边对两个女生说："你们觉得那个关于原住民在平顶山上藏金子的传说是不是真的？"

"我相信这是真的。"桑迪回答，一下子兴奋了起来。

菲利斯接着说："传说这里有几百条手工刻制的项链、全银

第十七章 被困在平顶山

胸针和镶着宝石的手镯。"

"那么，我们就开挖吧。"巴德催促她们，他能把女生们的关注点从这场灾难中转移出来让他感到很欣慰。

菲利斯和桑迪热情满怀地讨论从哪里开始挖起了。

"如果我是一个原住民，我得把宝藏藏在石缝中。"巴德指着一条参差不齐的石缝说，"如果这样，我就得做一个标记，这样我就能找到它。"

菲利斯不同意巴德的观点："没有一个聪明的原住民会这样做的，这样谁都知道了。"

于是，他们开始利用直升机里的工具来寻找传说中的宝藏，每个人都选了一个地点开始挖掘。

到了下午的时候，他们已经挖出了十几个小坑了，两个女生都觉得有些累了。

"我觉得我们最好休息一下了。"巴德提议说。

"但我们可能以后就不来这里了。"桑迪说完，把一铲土从头顶扬到身后，接着挖，"想想我们得有多少宝藏呀！"

巴德笑了，无奈地摇摇头："接着干，女生们，我得好好检查一下你们的工作。"

他坐在一块平平的石头上，看着两个女生在挖着平顶山的山顶，越发觉得不可能有什么宝藏。突然他听到了菲利斯尖叫声，这声音让他一下子跳了起来。菲利斯在离他50米的地方不停地蹦跳着，喊着："我们找到宝藏了，我们找到宝藏了！"

巴德朝着桑迪的方向跑去，她正把一个东西高高地举了起来，等桑迪把这个东西上的泥土弄掉后，巴德惊愕地吹起了口哨，这是一件古代的镶着绿松石的银戒指！

"我都没法相信了！"他惊愕了，"把工具给我！"

很快，他们忘记了自己目前的处境，接下来的三个小时里，三个人努力地挖着，挖了一个又一个的坑。天空变得鲜红，后来变得深红，夜幕最后降临了，三个疲倦的挖掘者终于不得不停下手里的工作。他们寻宝的最后结果是一枚戒指，这就是对他们劳作的回报。

现在平顶山展示出它非常诡异的一面，薰衣草和紫罗兰的影子越来越长，已经爬过了整个山顶。平顶山的深紫色让他们的脸显得更加苍白，他们渐渐地感到了夜晚的寒意。

"如果我能升起火就好了！"菲利斯略有些呜咽，她的牙在打战。

"我有些饿了。"桑迪略显怅然。

巴德什么都没有说，他的眼睛看着越来越黑的天边，盼望着看到营救人员的影子。

"汤姆会来的。"他说，"发现我们没能按计划返航，他会马上开始搜寻的。"

最后一缕天光消失了，蓝天女王着陆灯的光束出现在天际，这架大飞机轰鸣着向他们飞来，一直飞到他们的头顶，飞行实验在平顶山上盘旋着，然后开始降落。

下面三个受困的人疯狂地挥手，而汤姆看到他们都还活着，而且安全，感到非常宽慰，用闪动的灯光做出回应。他让飞机浮在空中，让喷气推举器的强大气流避开平顶山上的三个人，因为气流非常热，所以着陆是不可能的。

很快汤姆找到了解决救援的解放办法，首先他把蓝天女王开

第十七章 被困在平顶山

到悬崖的边儿上,然后让飞机慢慢下降,达到刚好高于山顶的位置。打开机舱后,斯特林和汉德森投下一个金属软梯。巴德经过三次努力抓住了软梯,用力绷紧软梯,先是菲利斯,然后是桑迪爬上了安全的蓝天女王。

轮到巴德上梯子的时候,没有人给他固定软梯了,巴德知道,在他的脚离开地面时,软梯会在飞机的腹部下方摆动,他会暴露到喷气推举器下面的强大而热的气流下。他自己也不敢确定自己到底能不能爬到上面,但他必须一点点向上爬,还得很快,以防气流把他从软梯喷下来,但他得冒这个险。

巴德先将一只脚放在梯子的第一个横档上,这时感到了梯子在摇晃,他迅速地向上爬去,紧抓住另一个横档,然后下一个,再下一个。

"越快越好!"桑迪从飞机上喊。

但是在梯子不断扭动和摇摆时,迅速是不可能的,他能做到的只是保持自己从梯子上不掉下来,他满眼惊恐地看着推举器。

这时,软梯向灼热的气流摆去。

第十八章　机器人坦尼斯

汤姆马上意识到,只有一个办法才可能营救巴德——让蓝天女王向前运动,关闭推举器。但是他这样做必须一点都不能动,否则的话巴德将会被抛到空中。

"大家坐好!"他通过扬声系统大声说,同时关闭了推举器,让飞机离开山顶,并缓慢向下滑动。

他满怀期待地向下看了一眼,还好,巴德还在软梯上!此时斯特林和汉德森以闪电般的速度向上拉起软梯。汤姆把飞机设定在自动驾驶,快速向飞行实验室的飞机库跑去,看到巴德已经在里面后,他才松了一口气。

"巴德!"他大叫一声,"哥们,看到你安全登机我非常高兴!"

汤姆的妹妹已经开始准备包扎巴德受伤的手,尽管这个年轻人认为没有必要包扎。

"桑迪是对的。"汤姆说,"去医务室,好好处理一下。菲利斯,你和斯特林、亚弗,还有我一起到前面去,给我们讲讲刚才的情况。"

汤姆听完了事情的经过后说:"又是这些乌鸦!你们有没有看到附近有可能控制乌鸦的飞机?"

第十八章 机器人坦尼斯

菲利斯摇摇头,"在看到的范围内,没有发现。"

"那一定是在云层以上。"斯特林说,因为没有找到别的答案,他们也只能接受这个解释。

桑迪和巴德回来了,大家一起谈论着整个过程,情绪有些沮丧。

桑迪非常遗憾地说:"所有事情中,最主要的是,按照传说中的宝藏位置,只找到了这枚戒指!"

汤姆笑了一下:"太可惜了,妹妹,你是不是还想回去寻宝呀?"

"不用了,谢谢,汤姆,我现在明白了,在平顶山上,传说比宝藏要多。"

汤姆正式告诉大家,明早他们会一起搜救滑行船。

"我们要在飞机库的门上配好绞车和绳索,我们采用抓钩固定直升机的残骸。"

第二天刚吃过早饭,汤姆和朋友们乘坐蓝天女王向平顶山出发。

为了避开推举器,他们把绞车和绳索设备固定在一个伸出的吊杆上。汤姆不得不让飞机库的门开着,原本很优美的蓝天女王,现在变得有些难看。

巴德抱怨说:"更坏的是,这样做的话,我们的飞行速度会很慢,驾控会受到影响,受到攻击的可能性也会很大。"

汤姆也知道,这个设备会增加风险,他说:"我们必须做好准备,在受到乌鸦攻击时,用斧头砍掉提升起来的飞机。"

但是飞机并没有受到干扰,安全到达悬崖侧面。巴德控制飞机,汤姆要亲自从绳索滑下去,检查滑行船,然后固定好抓钩。

汤姆双手抓紧金属绳索，双脚踏在爪子一样的抓钩上，汉德森操控绞索，斯特林将他放了下去。汤姆察看着受损严重的直升机，发现它需要大修，年轻的发明家简直被气坏了。他告诉自己，总有一天要抓住制造这场野蛮攻击的流氓，并让他们得到法律的惩罚！

他小心移动身体，以保证自己的平衡，并把抓钩固定在滑行船上。在确保抓钩牢固后，他向上面的工程师发出信号："向上拉！"

悬臂起重机发出嘎吱的声音，减速齿轮旋转起来，汤姆站在滑行船的上面一起被悬在了空中。一阵大风刮来，滑行船剧烈地摇晃了起来，汤姆紧紧蹲靠在支索上，防止被甩掉。

吊杆向内旋转，汤姆低下头，防止撞到飞机库的顶部，然后跳到了舱板上。

滑行船已经回到了飞机上，汤姆也很安全！

巴德驾驶着蓝天女王返回塞塔迪尔，把她停在距围墙几千米的地方。

汤姆告诉其他人，他下午需要回到肖普顿镇，让大家做好准备："我已经完成了我在这能做的所有事情，下一个工作是为机器人正式出厂前做最后一次试验。"

汤姆在离开前和爸爸一起参加了一个会议，他发现斯威夫特先生在自己的办公室里和罗伯特·特恩布尔说话，罗伯特看起来情绪不太稳定。

"我，我不知道你在说什么，斯威夫特先生。我的身体非常好，我现在是最好的状态，我非常平静，非常非常平静。"

斯威夫特先生静静地回答："我们公司一直是这样的规定，

如果家里有困难，我们一定会延长带薪休假期。你说没有找到你弟弟雷蒙德的线索，这自然会让你放心不下，你为什么不好好地休息一下呢？"

"对不起，斯威夫特先生。"原子能科学家说，"我的工作是第一的，工作已经到了最关键的时候，我不能因为个人的困难而逃避我在工作中的作用。"

他们还在继续地交流着，但是罗伯特·特恩布尔非常明确表示，他不想休假。最后，他转过身去，离开了房间。

"你对他的忠诚度应该给A级评价。"汤姆说，然后告诉爸爸自己想离开的计划，"我保证其他的无人机到达后，飞行不会有问题。"

斯威夫特先生笑了："汤姆，他们开始工作后，我会感到更加安全。另外，如果你对巷道满意的话，我们就给它抹上一层水泥，然后在地下室里用托马塞特漆好门。"

"所有的事情都很满意，爸爸，再过两周我们还能见面。"

"好的，孩子。"斯威夫特先生说，拍了一下汤姆的后背，"同时努力查找一下工厂内导致斯坦·李跌倒的干扰来源。等你回来后，我们就可以让巨型机器人正式工作。"

回到肖普顿镇的旅程非常顺利，汤姆、桑迪和母亲一起吃饭，共度夜晚。汤姆知道"钢钉"佐尔坦已经离开了医院，现在正在警方的控制之下。他已经接受了警察局顶级犯罪调查员48个多小时的密集审问，但仍没有屈服。警方没有了解到"闪电"鲁登斯或"滑头"斯特克的任何情况，同样也没有说出马可的任何情况。

汤姆认为他们非常可能是保持低调，准备下一次攻击，但他没有告诉别人。

　　第二天早晨，他搬到了自己的私人住所，这里与企业集团工厂的特殊实验室只有一门之隔。一周以来，年轻的发明家把自己埋在工作中，除乔以外，不见任何人。这个厨师就像一只不安的母鸡一样围着汤姆，保证这个全神贯注的年轻发明家有足够的食物和适当的休息。

　　一天下午，巴德·巴克利惊讶地接到他的朋友打来的内部电话，当他听到汤姆说出下面的话时，更加惊讶。汤姆问："和我一起玩一场机器人网球怎么样？"

　　"你是不是从你的木马上摔下来了？"巴德大声说。

　　汤姆哈哈大笑："不要紧张，我没有问题，我的两个巨型机器人已经准备好做协调试验，我需要你来帮忙。"

　　"一场两个没有脑袋的巨人网球比赛！这个我得好好看看！"巴德激动地说，"我马上过去。"

　　巴德到了以后，他发现两个巨型机器人都安上了临时的脑袋和天线头发，但还没有摄像机眼睛。也不知道乔在哪里弄来两个球拍，拿在手里跟在机器人的后面。两个年轻人操控着机器人从实验室大楼里出来，走向主办公楼后面的网球场。

　　汤姆已经准备好两个便携式的分程传递器装备，调到不同的频率，放在球场的两端。

　　"我的控制器补偿速度特别快。"巴德笑了一下，"比分得让着你的机器人一些，就先定在6∶0吧！"

　　"你该上场了！"汤姆边笑边把他的球拍放在机器人的金属手指中，他看了一眼身后边的窗户，"如果我的巨人做过了头儿，我们就得付打破窗子的账单！"

"你先发球吧。"巴德大喊。他调整好幅度,动作混合控制,他的机器人恶狠狠地削了一个球。

汤姆笑了:"网球!"

他的机器人挥动了一下球拍,把球击回到球场另一侧,比赛开始了!

两个能运动的金属机器的神奇场面非常夺人眼球,他们能击球,快速接球,封网。这些动作吸引了很多工厂里的工人,每当出现一个失误或是得分,人群都爆发出一阵欢呼声。

乔大叫道:"这是我从未见过的混乱比赛呀!"

汤姆的机器人在发球时会出现问题,而巴德的机器人总在扣球时出现的问题,并且常把球打到场外。两个年轻人操控着机器人的手脚,但机器人的运动常常会和主人的要求相反。

开始时,巨型机器人常会夸张地做出动作,所以比赛显得笨拙,而且也不专业。随着比赛的进展,机器人变得越来越灵活,比赛更加精准。

突然巴德大叫起来:"汤姆,这是我生平第一次战胜对手赫伯特。"

他的机器人把球削到球场的角落,汤姆无法让机器人把这个球接住。

最终,巴德的机器人赢得了比赛,他们曾打过五次平局。汤姆让自己的机器人跳过球网,来祝贺取胜的机器人,观众们鼓掌祝贺这场精彩的比赛。

汤姆对于自己的金属机器人的协调能力非常满意。他告诉巴德,还有一件事儿要做,才能把他们运送到塞塔迪尔。

"还有什么呢?"

发明家说："电视摄像机，就是机器人的眼睛，能够报告原子能电厂里面的情况，在常规的环境下工作性能良好，但是显像管上的荧光点对于反应堆中放射活性物质所产生的强大放射线非常敏感。这种强烈的放射线会让光电射线管上的图片变得模糊，意思就是让机器的眼睛不好使。"

整个下午和晚上，汤姆一直在研究这个问题，摄像机本身可以用石棉保护，问题是怎样防止放射线进入镜头，用不同的滤镜片试验完发现是无效的。

最后，年轻的发明家设计了几个光线折流板，这会捕捉可见光，并反射到射线管中，并且吸收和分散有害的光线，用这种方法就可以保护屏幕了。经过了几个小时的调试，折射的原理已经非常完美了！

汤姆现在对于机器人的眼睛已经很满意了，他很高兴地关上了实验室大门，心里想着回家，并把结果告诉妈妈，妈妈必须是第一个知道她成功的人。

从楼梯下来时，电话铃声响了，他打开了实验门，拿起电话听筒。

一个紧张的声音说："是汤姆·斯威夫特吗？"

"是的。"

"我是马可，拜托了。"对方用请求的语气讲话，"如果你答应不惩罚我，我就带你见所有麻烦后面的那个人——就是跟你要机器人的那个人。"

第十九章　看门人的坦白

夜班看门人出乎意料的电话，让汤姆很惊讶，也许马可根本就不是背叛者！

"你什么时候能到我的办公室？"汤姆问。

"我没脸再回工厂，汤姆，"他用颤抖的声音低声地回答，"我担心有人会发现我。"

"马可，为什么你们盯我们的梢？"汤姆问，他很想借用这个机会，给这个老人一些安慰。

"他——他给我催眠了，他把我迷幻了，所以我得帮助他。"

"谁把你迷幻了，马可？"

"求求你了，汤姆。"这个人恳求说，"我不想在电话里多说了。我特别害怕给你或你的父亲带来伤害。我非常抱歉，我会尽一切可能做弥补。"

汤姆看了一下手表。"去肖普顿镇的约克宾馆。"他提出要求说，"开一个房间，在那里等我，我大约在十一点钟到达。"

"好的，汤姆，我马上行动。"这个人回答说。

汤姆挂断电话，然后给话务员发了回拨信号，他用双线并行的方式呼叫了拉德纳和巴德，通过快速转换方式和他们谈话。

在他报告完与看门人的谈话后，汤姆说："我现在还不能绝对确认马可是否真心，据我所知，这非常可能是一次伏击的阴谋。"

"你认为他们会冒险在拥挤的街道上攻击我们吗？"巴德问。

"我告诉马可在宾馆给我订一个房间。"汤姆回答说。

"这是一样的。"拉德纳插话说，"我对这些抢银行的人没有任何期盼。"

汤姆安排巴德和拉德纳跟在他的后面一起去宾馆。

"我们会在一个街区外见面，你们两个在我的后面慢慢地走。"他这样安排，"用这样的方式，我们能做好应对攻击的准备。"

他们到达的时间非常准确，汤姆的每一个动作都在计划的范围内，步行到约克宾馆，没有人试图攻击他。他通过转门进入大厅，来到接待台前，没有受到任何阻拦。

巴德和拉德纳跟在他的后面上了楼梯，汤姆准备进入马可的房间，他们两个则在走廊里等候。

这位安保人员抬起一只鞋尖，顶在门上，防止门被打开。这个看门人满脸泪水，战战兢兢地陈述着自己的行为："他迷惑了我，这就是我所做的一切，他不停地用很低的声音和我一遍遍地说，直到把我搞得迷迷糊糊，我情不自禁地按照他的命令做事。一旦听从他的命令后，我更加无法停止下来。现在，也就是现在，我彻底和他结束了。"

"这个人是谁呀？"汤姆问。

第十九章 看门人的坦白

"雷蒙德·特恩布尔。"

就是逃跑的那个精神病人!

马可接着说:"一天,我回到家里的时候,他在门外等着。我一个人住,你知道,此后他每天晚上都来我这里,我们一起交谈,我越谈越困。"

"不知怎的,我让他给控制了,特恩布尔让我给他带回来飞行实验室模型,他把录音机放在里面,每天晚上我都更换磁带,有的时候我把磁带带到我的家庭旅馆,有的时候我把磁带放进一个信箱。当迪林先生打电话告诉你找到棚屋时,我偷听到了他的内容,于是就给家庭旅馆的雷蒙德打电话。"

"家庭旅馆在哪里?"汤姆问。

这个老看门人想了一下:"我记不起来了——我想是在邦德大街,但我不能带你们去,是在城南的郊区。"

"我们马上去那里。"汤姆决定。

两个人从房间里走了出来,巴德和拉德纳还藏在一个暗室里,离开宾馆后,还是安排他们跟着。

汤姆和看门人直接来到了家庭宾馆所在的街区,到了邦德大街后,转到一个僻静的居民区里的一个街道。

巴德和拉德纳跟在他们的后面,紧密地注视着可能的陷阱,巴德一直藏在树或房子的影子里,拉德纳则在街的对面。

天已经很黑了,他们借着几盏街灯看着路线,努力保持较远的距离。接近宾馆时,汤姆下意识地放慢了脚步,房子的前面是前廊,他仔细地听着,看看巴德和拉德纳是否已经到达掩护他的最好位置。

除了朋友们的脚步声以外,再没有别的声音。突然一声尖叫打破了沉静。声音好像来自他们要去的那个家庭宾馆。

"听起来是一个女人的声音！"汤姆说，然后大喊，"巴德，你和拉德纳先保持隐蔽，等待我的指令。"

巴德和拉德纳快速进入街对面的灌木中隐藏起来。他们听到了家庭宾馆的前门咣当一声被关上了，然后前廊的灯亮了起来。

一个男人开始敲打前门，他的相貌在灯光中非常清晰，此时马可大声地说："我认识这个人！他是布莱克斯通的一名医生。"

这个男人听到了声音转过头，马可和汤姆朝他跑去，这个医生大喊："马可！你在这里干什么呢？"

马可慌乱中支支吾吾，但还是把汤姆介绍给莫洛医生，告诉他，他们正在找雷蒙德·特恩布尔。

"我也是这样的。"莫洛医生说，"医院最后找到了他这个地址，但我和女房东说话的时候，她变得歇斯底里，当着我的面就把门摔上了。她说特恩布尔已经走了，她不想再和流氓有任何瓜葛了。"

"也许我能帮上你的忙。"汤姆说，他敲了几下门，大声说，"让我们进去不会有问题的，我是斯威夫特企业集团的汤姆·斯威夫特。"

女人透过大厅的窗帘看了看汤姆，应该是认出这个人就是她在报纸上见过的年轻发明家。于是她打开大门，让几位来客人进了客厅。

莫洛医生又自我介绍了一遍，告诉她为什么自己会来这里。"雷蒙德·特恩布尔在一个月前从精神病医院里逃了出来。"他说，"请你把有关他的事情告诉我，在哪里能找到他。"

第十九章 看门人的坦白

"我不能告诉你他在哪里。"女房东告诉大家说自己是莱利夫人,她对自己刚才的歇斯底里表示道歉,然后解释说,"出了这样的事让我非常烦恼,特恩布尔最初租下我的屋子时,他是一个教授,我对他从未特别注意过,他把自己的所有时间都用在论文和研究上,我认为他这个人很好、很有教养。"

"后来他有很多的客人来访,一天有一个皮肤黝黑的男人来了,这个男人留着小胡子。我自己还想,这个人好面熟。第二天早上,我想起来了,我是在报纸上看过他的照片。他是毕金团伙的成员,就是叫'滑头'的那个。"莱利夫人拿出手帕凑近鼻子擦鼻涕,继续说,"噢,把我烦坏了,我开始给警察打电话。正好,这个老房客要在深夜离开,他要带走自己的一切东西,甚至还有他的好玩儿的录音机。他走了真的让我轻松了很多,所以我也没有告知警察。"

马可已经开始有些发抖了,很明显他对于雷蒙德·特恩布尔参与抢银行的事情一无所知!

"噢。"看门人大哭起来,"我根本就没有想到……"

汤姆打断了他,客厅的窗户开着,这时汤姆看到对面的一张金属框架照片。汤姆盯着照片的时候,相框开始发出淡淡的橘色的光。

"快!"他大叫一声,这时照片的玻璃咔嚓一声突然破裂了,"蹲到地板上,每个人都蹲下!"

第二十章　蒙面来者

汤姆大声警告大家时，他把头缩到窗框下面，莫洛也这样躲了起来，马可和莱利夫人好像是被汤姆的突然命令搞懵了。看门人没有站稳，毫无目的爬到了一个大橡木桌子下面，而女房东吓呆了，瞪大了眼睛，看着闪光的橘色相框。

"我觉得院子里可能有人想用热射线弄晕我们。"汤姆小声地说，"趴下，装死！"他在门口把身体蜷曲起来，给大家做出示范。

汤姆说出这样的话可把女房东吓坏了，当即晕了过去。场面变得更加紧张，马可和医生趴着一动不动。

汤姆用余光盯着大门，不一会儿，他听到咔嗒一声，门开了。

一个蒙面人出现在门口，中等身材，黑色头发，一只手拿着的东西，汤姆认定是致晕武器——一种单色红外线光束发射器。

这个人进入客厅后停了下来，仔细检查没有反应的身体。他看起来很满意，然后开始向楼梯走去。

蒙面人上了楼梯后，汤姆爬到正门前，他小心翼翼地打开门。非常幸运，门的合页没有发出响声。

汤姆伸手从口袋中取出手电筒，尽可能伸到门外更远一些。

他快速地闪亮三次,然后又长一点儿地闪动了三次——这是国际的危机信号,他希望巴德和拉德纳正在细心观察,让他们明白这种没有声音的请求,并告诉他们要倍加小心。

汤姆没有把门关上,脱下了鞋,踮着脚尖向楼梯走去。每走一步他都非常小心,他心里非常明白,万一地板发出响声,蒙面人就会跑下来,近距离地使用他的热射线。

"这会是谁呢?"汤姆思考着,"雷蒙德·特恩布尔?"

汤姆到了楼梯的顶端,向下看着狭窄的走廊,在他前面几米远的就是蒙面的陌生人。陌生人跪在大楼通风井的前面,把手伸进去,很明显是在找什么东西。

陌生人把手缩了回来,看样子很满意。借着走廊的灯光,汤姆看到他的手里拿着一个小的金属板,上面有红色的按钮,还有几条电线垂了下来。

这个人全神贯注弄的这个东西是光束器,这时他把它放在身边的地板上,汤姆知道现在是最佳的行动时机。

他向这个人扑了过去,蒙面人失去平衡,倒在地上,汤姆顺手把他从光束器边推开。接下来是一顿扭打,然后两个人都站了起来。蒙面人向汤姆抡起了拳头,使劲踢他。

汤姆用勾拳奋力反击,对手有些站不稳了。对手在绝望中向汤姆扑来,把汤姆扑到栏杆那里,奋力去抓光束器。

汤姆来了一个快速的阻击,抓住了对手的脚踝,蒙面人一下子摔倒在地。这时巴德和拉德纳用脚跟轻轻冲上楼梯,巴德拣起光束器,拉德纳揭下了这个人的蒙面。

"'滑头',是'滑头'!"拉德纳大喊道。

被擒获的'滑头'用愤怒的眼睛看着他们,斯特克也快步上了楼,莱利夫人被莫洛医生叫醒了。她睁开眼睛,惊恐地看着。

"噢!"她大声说,"就是这个人!是'滑头'这个家伙。"

"说点儿什么吧,'滑头'!"拉德纳厉声地对这个抢银行的人说。

"我什么都不说。"这个人回答道,"你们不会从我这里得到任何线索。"

"好吧,我们请警察来做这件事。"汤姆把头转开了。

这个家伙露出了狡猾的眼神。"我可以用此信息来换取我的自由吗?"他说,"是你们感兴趣的东西,斯威夫特?"

"我们只对你与雷蒙德·特恩布尔交易的事情感兴趣。"

他想用这个名字震慑一下这个银行抢劫犯,但结果让汤姆感到震惊。

"你疯了吧?""滑头"斯特克咆哮地说,"我和雷蒙德·特恩布尔从未一起做过什么,你把名字弄乱了。我一直和罗伯特·特恩布尔教授合作做生意。"

听到这个消息让周围这些人感到震惊,还没等斯特克看到大家的表情变化,他接着说:"当然我和教授合作,是双向信息交流,他保证抢劫的安全,让我们更加有利,这是万无一失的事情。反过来,我们团伙回报给他的是,在肖普顿镇为他做几件小事情。"

"在原子能电厂,一定是这样的。"汤姆思考着。

拉德纳又向斯特克提出来一个问题:"你们是怎样进行抢劫的?"

"用一个机器人。""他答应给我们提供汤姆·斯威夫特的一

个机器人,在机器人的胳臂上会装上一把机枪。"斯特克大笑着说,"这个东西的装备就像是一个会行走的坦克,银行的安保人员的子弹或催泪弹也不能让他停止下来。"

虽然汤姆对于这个计划火冒三丈,但对这个创新的想法却感到好奇:"你们在哪里控制这个机器人?"

斯特克回答说:"所有的操作都会在一个看起来没有关系的汽车里进行。"

"你们抢完银行后怎么办?"巴德问,"有人跟踪机器人怎么办?"

"特恩布尔考虑到了所有的问题。"斯特克解释说,"我们选定抢劫的银行都是离河比较近的,机器人将会在水中消失,然后在水下行走几千米,到达一个秘密集合地点。你知道,只要你想,这东西会走得很快,然后它会从水里出来,我们就能拿到钱了。"

这个信息让汤姆非常震惊,汤姆想必须马上和父亲联系,但首先还是要从斯特克身上获取一切有用的信息。

"教授教给我和我的朋友们很多的东西。"这个犯罪前科不少的人假笑道,"他告诉我们如何使用所有的小型机器,比如你从我这里抢走的单色红外光束器,这个小东西是我从楼上通风井中取出来的一种电子控制按钮,他把它叫作旋钮开关。"

汤姆仔细地看着这个东西,滑动的部分能让一个开关完成多个触发器的功能。

"原计划是我先拿到它,等特恩布尔回到我的家。"斯特克解释说。

"你家在哪里？"拉德纳追问到。

这个坏蛋变得有些生气："我已经告诉你们我想说的所有事情了。"

"为什么只告诉我们这些？"巴德不解地问。

斯特克沉默了一会儿，然后深深地呼了一口气："我说这些事情是因为你们没抓到我任何把柄。而且，我和罗伯特·特恩布尔的生意做完了。我想这个家伙是个疯子，他有个弟弟就是精神病，而我认为罗伯特的病更重。"

第二十一章　双胞胎的麻烦

拉德纳叫来了警察。"滑头"斯特克被戴上手铐，带到了肖普顿镇监狱。等大家离开以后，巴德对汤姆说："我不太理解罗伯特·特恩布尔。你和你爸爸认为他是完美的人，是不是这样的？"

"是的，巴德，这倒是提醒了我。"汤姆说，他转过头对着马可，"你见过雷蒙德·特恩布尔的双胞胎弟弟吗？"

"是的，八个月前，我在布莱克斯通工作时见过一次，他来过看雷蒙德，他们长得一模一样。"

"那么，你看到的雷蒙德也可能是罗伯特？"汤姆问。

"噢，不会的，我可不会上当，不管怎么说，雷蒙德谈论着发生在布莱克斯通的事情，他哥哥是不知道的。"

"那么，只有一种答案了。"汤姆说，"雷蒙德一定是装成他的哥哥，以此来避开检查。毕金团伙不知道罗伯特参与原子能电厂的秘密工作，所以他们也不会怀疑雷蒙德顶替他的哥哥。"

莫洛医生点点头："雷蒙德，被当成了罗伯特，也没有被送回到布莱克斯通的危险。"

"他可能还骗过了毕金团伙。"拉德纳补充说。

"让个精明的头脑在过度的工作压力下崩溃是一个悲剧。"

汤姆说。

医生拍了拍汤姆的肩膀，严肃地说："雷蒙德·特恩布尔被送进布莱克斯通不是因为工作过度。"

"这是什么意思？"

"是这样的，这种情况在医院经常遇到。事情大体是这样的，雷蒙德曾经在一次核试验中犯了一个计算错误，在非常重要的研究中犯错误也是可以理解的。"

"因这个错误，他的物理研究同事把一些非常危险的钚弄到一起，他的同事因此受到放射线的照射，好在最后恢复了健康。但是雷蒙德，是一个非常敏感的人，认为自己负有责任，天天想着这个问题，于是精神崩溃了。"

"为什么我们没有听说他逃跑的消息呢？"拉德纳问。

"因为在他的遭遇前他从事超级秘密工作，寻找他是不能公开的。"医生回答说。

"出现这种情况能解释他与犯罪有关系吗？"汤姆问。

"非常有可能。"莫洛医生回答说，"医生无法预测这种痴迷会让一个人达到什么程度，所有的行为都是可能的。"

医生停了一下接着说："我希望你们可以帮助医院的权威部门找到这个病人，以防他实施我们在医院中听到的他那可怕的计划。噢，还有一点我没有说清楚，他的疾病并不是没有希望，只是他需要进一步的照顾和治疗。"

"我们一定会尽力寻找他。"巴德一本正经地说，这时他的脑海里还清晰地记得平顶山上发生的一切。

汤姆想马上和爸爸交流一下，并把全部的事情告诉他。汤姆和其他人告别后回到了自己的办公室。他给塞塔迪尔打了电话，

第二十一章 双胞胎的麻烦

把详细的内容告诉了斯威夫特先生。

老科学家显得有些沉重,认为这种情况下需要多加小心,雷蒙德·特恩布尔的行为显得很狡猾,而且不可预料。

"我要和罗伯特·特恩布尔再谈一次。"他告诉儿子,"非常有可能雷蒙德和他有交流。我必须承认,汤姆,如果他不回到布莱克斯通的话,我感到很不安。"

"爸爸,你认为在没有弄清他在哪里之前,是否应该推迟启动反应堆?"

"孩子,我们不会这样做的,找到雷蒙德可能需要几个月或者是几年的时间,但是我们不能推迟正式启动的时间。"说完这些后,他转变了话题,问汤姆,"明天早晨你能否搞定那两个控制臂和控制手,按原计划明天发货?"

斯威夫特先生所说的这套大的机械部件是由他自己设计的,准备用在塞塔迪尔。和市场现有的同类产品相比,这台机械部件重量更轻,体积更小,但同样灵活。这种设备会被悬挂在放射活性块出炉上面的横杆上。控制手会抓住放射活性块,并把它们堆放起来,等待汤姆的巨型机器人做进一步的处理。

"我明天第一件事就做这个。"汤姆答应说。

第二天早晨十点,汤姆报告说:"爸爸,控制臂和控制手现在正在装上飞机。"

货运飞机分别在不同的跑道上准备起飞,人们正在用台车将第二套机械手和机械臂运到飞机上。

"十分钟后飞机起飞。"汤姆告诉爸爸,"斯利姆·戴维斯驾驶一架飞机,宾基·琼斯驾驶另一架。"

"我会与他们保持联系。"斯威夫特说完后挂断了电话。

飞机起飞后，汤姆回到自己的实验室，对巨型机器人的摄像机眼睛的反射镜做最后的调整。下午的时间已经过去了一半，斯威夫特先生通过无线电告诉汤姆，货运飞机还没有到达。

"在一个偏远的地方，无线电话务员失去了与他们的联系。"爸爸告诉汤姆，并把失联的地方告诉了他，"我想他们可能是出了问题。"

汤姆马上采取行动，拿起内部对话机，呼叫巴德、斯特林和汉德森。

"我马上开飞机寻找他们。"他告诉他们，"我们在蓝天女王那里见面如何？和我一起去怎么样？"

汉克·斯特林和巴德接到汤姆的电话后，五分钟就到达了飞行实验室。地面工作人员按照预先安排好的紧急方案，已经给飞机加好油，准备起飞。汤姆和汉德森到达后，年轻的发明家给其他几个人解释了紧急出行的原因，还拿起地图补充说："我有失联时准确的位置，指挥塔已经标出这一点。"

"我把这个叫正切，哥们。"巴德补充说，说着从飞行实验室的腹部机舱口开始登机。

斯特林和汉德森坐在方便观察的位置上，巴德按照失联飞机的经过绘制飞行航线。

汤姆让飞机快速提升，没有时间做轻柔的飞行操作了。汤姆有些着急，调动起蓝天女王所有的推力。飞行实验室被调用到最大的极限，以每小时1931千米的速度呼啸着飞向天空。

货运飞机一直保持这个速度，直到到达报告的失踪位置，汤姆降低飞行速度，观察者们用高倍望远镜搜索这个地区。

第二十一章 双胞胎的麻烦

地面荒无人烟,有几次大家认为已经看到了飞机,但是下降后仔细观察发现不是飞机,其实这些只是石块形成的影子给他们造成的误判。

就在他们几乎失望时,巴德发现了一个物体。他非常确定那是飞机,这是一个"T"形的银色物体,由一个货运飞机的机翼和机身组成,在他的双筒望远镜里上下晃动着。

"就是其中的一个,汤姆!"他激动地叫着,"靠近一些我们仔细地看看。"

推升器让他们下降到距地面只有152米高的位置,地面上的场景让他们惊讶和愤怒:一个机器手臂正在被一群人搬到一辆拖车上。他们匆忙地工作着,一边不断地指点或观看着正在他们头顶上的蓝天女王,另一些人正在将一个牵引车开向拖车。

"他们正在偷这件东西!"斯特林大喊着。

"过一会看结果吧!"汤姆说。

飞机实验室改变了自己的位置,让自己处于这群人的正上方。汤姆松开节流阀,喷气机的推升器喷出了火焰和热气,尾气如同暴雨一样喷向这群人。

就在这时,飞机迅速提升到304米,地面上的人们还没从第一轮攻击中恢复过来,汤姆又降落下来开始第二轮攻击来吓跑他们。这一次,让地面上的驾驶员和他们的帮手连滚带爬地牵上了引车,向沙漠跑去,顾不上拖车、偷来的货物还有飞机。

"我们成功了!"巴德高兴地大笑起来。

汤姆没有去追赶这些小偷,他决定着陆并搜寻飞行员和机组人员。蓝天女王在拖车附近的一个开阔地带停了下来,汉德森和斯特林马上冲过去检查机械手臂。这些设备并没有因为搬动而受

到破坏。

汤姆和巴德同时来到飞机的头部。"这是琼斯的飞机。"汤姆看到了机翼上的编号后说。

一种不祥的宁静笼罩在这里,飞机里一点儿声音都没有。

"飞行员哪儿去了?"巴德担心地问,"机组人员发生了什么事儿?"

第二十二章　狡猾但还是失败了

货运飞机的机舱门大开着，登机梯子已经放下了，汤姆和巴德赶紧进入飞机，来到控制驾驶舱，飞行员没有在这里。

"巴德，快看！"汤姆喊道，指着一副耳机说，"上面有血迹！"

两个年轻人开始担心起来，迅速来到导航员舱，地板上有摩擦的痕迹，表明有人被拖出了门外。

汤姆和巴德分头行动，发狂似的搜索飞机，在主货舱中，汤姆发现了琼斯瘫软的身体，趴在地上，在他的附近是两名机组人员。

巴德冲了进来："他们是……"

汤姆已经开始检查琼斯的身体了，让发明家放心的是，飞行员还有呼吸，只是脉搏有些慢，他的后脑勺有一个很大的肿块，说明他受过狠狠的一击。

"他还活着，谢天谢地。"汤姆告诉巴德，这时巴德跪下来检查机组人员。

"这个人也活着。"巴德说。

第三个机组人员也活着，这三个人都是从背后被攻击的。

"我们最好把他们抬到蓝天女王上去。"汤姆提议说。

第二十二章　狡猾但还是失败了

他们先轻轻抬起琼斯,把他运出导航舱,再走下登机梯,亚弗·汉德森和斯特林跑过来帮忙。

"赶紧到货舱中抬出来另外两个机组人员。"汤姆指示他们,"我还不能确定他们受伤的程度。"

三个人被抬出来并放在蓝天女王医务室的病床上,五分钟后,他们睁开了眼睛,四处看着,琼斯第一个开口说话。

"他们一定是藏在飞机里的。"他解释说,"我没看到他们的脸,我听到后面有脚步声,刚要回头,眼前就一片漆黑。"

汤姆还弄不明白,藏在飞机的人是在企业集团中工作的人还是外边溜进来登机的人,但他猜想可能是雷蒙德·特恩布尔或是毕金团伙中为他工作的人。

"汤姆可把那些偷机械臂的人吓坏了。"巴德告诉琼斯,"我想他们不会再想招架一次我们的攻击了。"

等到另两个人苏醒过来后,他们还要坚持飞行,汤姆认为他们应该没有问题,同意他们飞行,但是坚持让斯特林和他们一起飞行。

汤姆、亚弗和巴德目送飞机起飞后,三个人回到了飞行实验室,他们急于寻找另一架失联的飞机。

他们在更开阔的地面上搜索,但仍没有找到失踪的飞机。

当汤姆快要放弃希望时,斯威夫特波段上传来了"SOS"的信号,这是斯利姆·戴维斯发来的,他在汤姆位置以南的160千米处。

"这里抓住一个人……"他说,然后声音越来越弱,汤姆接着呼唤却再没有应答。

"这是斯利姆！他抓住了一个人！"汤姆在蓝天女王上大声与大家说。飞行实验室赶紧飞去救援。在路上，大家都在猜测抓住的这个人可能是谁。

他们在一个距牧场社区几千米的牧草地发现了货运飞机，这次周围没有人，也没有卡车。斯利姆不停地向汤姆挥手。飞行实验室开始滑翔，没有使用推举器。

"我们很快抓住了偷偷登机的人。"斯利姆告诉汤姆，"他从后面突袭了我和副驾驶员，他用活动扳手击倒了杰克。当他向我抡过拳头时，我把飞机倾斜了一下，结果他打到了仪表盘上，飞机无法飞行了，我们只好降落。"

"这个偷偷登机的人在哪里呢？他是谁？"汤姆着急地问。

"他不想说他的名字，我把他绑了起来。我们找了警察，他们还没有到。"

斯利姆带着斯威夫特一群人来到货运舱，因为没有绳子，斯利姆用电线把这个偷偷登机的人绑了起来。这个人头发乱七八糟，额头脱发，露出一个不整齐的伤疤。

这个人瞪着眼睛看着汤姆。"'闪电'鲁登斯！"汤姆大声说。

巴德非常高兴。"这么说来，毕金团伙就不会再有头头了！"巴德用带着嘲弄的口吻说。

这个银行抢劫犯怒视着他说："你们在说什么呢？"

"别跟我耍滑头了，'闪电'。"汤姆回答说，"'滑头'斯特克已经招供了，我对你们团伙的组织非常了解。"

鲁登斯半信半疑地听着汤姆讲述毕金团伙和雷蒙德·特恩布尔相互配合，越发觉得自己失败。

第二十二章 狡猾但还是失败了

"好吧,斯威夫特。"他咆哮地说,"我们一直和特恩布尔教授合作。他帮助我们,我们帮助他,这件事是他的主意。"

"那你的原因是什么呢?"

"就是推迟你们原子能电厂的启动时间,他没有告诉我原因。"

"特恩布尔现在在哪里?"汤姆问。

"我不知道。"

"闪电"鲁登斯拒绝回答关于特恩布尔更多的问题,于是汤姆改变了问话的方式:"在另一个飞机上偷偷登机的人是谁?"

"我找了一个朋友来做这件事,如果你想知道他是谁,那就找他去吧。"这个家伙讥讽地说。

尽管他没有回答这个问题,但汤姆想知道这个偷偷登机的人是怎样溜进企业集团大院的。这时,"闪电"鲁登斯发出了嘶哑的笑声。

"进入你们的地方非常容易,这倒是让抢银行显得很不容易了。"他开始吹牛了,"你们的一个磁带告诉我,你们的手臂什么时候要运走。所以我和那个朋友一起研究了你们的工作人员,我们选出两个和你们的工作人员长得很像的人糊弄门卫。今天早晨我们把这两个家伙弄到没人的地方。先把他们打昏,带上他们的证件,进门没有遇到一点儿麻烦。"

发明家和朋友们相互看了一眼,从今往后进入工厂得做双重检查了!

几分钟后,警察来了,抓捕了"闪电"鲁登斯,农村的警察抓到这样有名的黑社会人物引起了不小的震动。他们走了以后,汤姆利用飞行实验室上的设备，修好了受损的货运飞机仪表盘。飞机继续向目标航行，这一次两架货运飞机发来报告说，机械臂已经送到塞塔迪尔。

斯威夫特先生用电话告诉汤姆，他已经检查了工厂的安保，没有发现漏洞，斯坦·李摔倒的原因一定是控制系统出了问题。汤姆乘喷气机飞到工厂，对小机器人又进行了一次检查，功能完好。

"我不明白上一次发生了什么事情。"他告诉爸爸，对整个事件他不太理解。

他又回到了肖普顿镇，马上对巨型机器人的头部做最后的调试。现在两个机器人已经完全组装好并可随时工作，他把乔叫了进来。

"你可是第一个看到他们的，哥们。"汤姆对他说。

乔眼睛瞪得大大的，一句话都说不出来。他摇着头，挠着光秃秃的头，好不容易才说出话来："汤姆，这回看出人的模样来了，让人还舒服一些。这两个巨人好像在看着我。"

汤姆在机器人的"眼窝"中加装了电视摄像机，在"眼窝"下面和鼻子的位置，安装了发射天线。一个月来，机器人身上一直有一个可以打开的正方形面板，打开后可以看到几个突出来的旋钮，用来调整机器人身体内部的电路。

"看看这小耳朵！"乔好奇地看着，"他用这耳朵能听见吗？"

"他当然能听见了。"发明家笑了，"这是麦克风。"

这是非常敏感的多向听音设备，因为头两侧有隔音板，所以

第二十二章 狡猾但还是失败了

才突出来。

"还缺少一样东西,汤姆。"乔说,"头发,巨型机器人和我一样,脑袋上一根头发都没有。"

汤姆笑了:"是这么回事,他和你一样,也想要头发。"

"你们什么时候把他送到西部去?"

"我还得再做一个防火试验再送走,乔,我正式邀请你参观明天下午的一个小表演。"

"我一定会到场的!"

汤姆用一天的时间为这个试验做准备,他在一个棚屋内安装了专用的玻璃火炉,巨型机器人将在这里执行发明人的每一个命令。机器人站在一个斜坡前,一会他将在这个斜坡上行走。距火炉不远的地方有一个玻璃分隔墙,墙后面有一个很低的控制面板,两边儿是观众座位。

工厂里的人们吃过由乔负责安排的午饭,斯威夫特夫人、桑迪、菲利斯、厨师和汤姆的工程师来到了棚屋,坐了下来。

"这好像是在剧场看戏一样。"菲利斯说,"汤姆,演员什么时候上场?"

"马上就上场,妈妈,你准备好了吗?"

"妈妈?"桑迪应声答道,被汤姆的话搞迷糊了。

斯威夫特夫人和汤姆都没有笑出来。汤姆打开了开关,差转面板的指示灯亮了,接下来,年轻的发明家打开线路开关,启动动作卡带。

平台一侧瓦楞钢板门发出隆隆声时,一会儿门被卷到了房顶,机器人笨重地走了进去。

"汤姆,这简直太神奇了!"桑迪高兴地说,机器人来到了舞台的中间,面向观众。

斯威夫特夫人离开了座位,在平台的一端站在第三个台阶上,然后向机器人走去。她伸出手,拍了它的胸部,然后用清晰的声音说:"因为你代表了原子和机器人,我给你起个名字叫阿托尔!"

观众热烈鼓掌,斯威夫特夫人走下台阶。

"我的第二个机器人。"汤姆宣布,"叫作司米卡,意思是伺服系统。"

斯威夫特夫人来到了差转面板前面,按下了打开火炉大门的开关。

这时热浪开始向平台喷来,阿托尔走上前去,进入烈焰中,棚屋里所有人员都紧张地伸头看着。

阿托尔能否活着?汤姆的发明能否成功?

第二十三章　火的考验

阿托尔大步进出火炉,好像一个穿着盔甲的武士,一团团烈火吞噬着他的托马塞特保护层下面的身体,但他从不躲闪。

"我几乎不能相信所见到的这些。"斯威夫特夫人骄傲地对儿子笑着。

汤姆在指挥着机器人,并通过胸前的麦克风和观众讲话:"机器人在原子能电厂中需要做的一项工作是更换中子浸泡棒,我要用两个一般的金属棍代替,一个是用过的,一个是新的,给各位展示一下。"

用过的金属棒放在火炉钢架上的沟槽里,另一个放在地面上。

阿托尔蹲下来,拿起新的金属棒,再用另一只手娴熟地拿起用过的金属棒放在一旁的篮子里,然后小心地把新的金属棒放在沟槽里。

"真了不起,我可怜的阿托尔呀!"乔喊出声来,"真是绝技!"

汤姆双眼闪闪发光,命令机械人拣起两个金属棒,像鼓手一样挥舞着,舞动的高潮是机器人在火焰中抛接金属棒。汤姆自己对于机器人表现的速度和精准性非常满意。

"阿托尔现在要展示他的艺术才能。"他笑着宣布说，"作为原子能反应堆的主人，他需要经常给里面的设备涂上防锈涂料。"

汤姆装出和机器人说话的样子，要求它提起身边的一个涂料桶，并拿起刷子。

"开始涂刷。"年轻的发明家命令道，同时调整控制开关，进行臂部垂直运动。

阿托尔不在乎火焰，开始在面向观众的玻璃砖墙上涂刷。

"已经可以了。"汤姆说，但是阿托尔还在涂刷，年轻人责怪地说，"嘿，你都涂到了窗户上了，我们看不到你了。"

观众们哄堂大笑，汤姆让机器人把窗户涂上涂料，机器人消失在视线以外，表演达到了高潮。然后阿托尔打开门，走上了平台。

工程师们热情不减，问汤姆这些巨人什么时候能运送到塞塔迪尔，汤姆用沙哑的嗓子说："由于安全的原因，我现在正式告诉大家，阿托尔和司米卡将在下周离开。"实际是他们今天晚上就离开，运送在晚上秘密进行，不开灯。

非常幸运的是，当天晚上有明亮的星星，工作人员的眼睛适应了黯淡的光线后，他们就能够很快地把他们装上蓝天女王上，除了两个巨型机器人外，他们还装上了一个捆有金属带的巨大箱子。

乔大声地笑着："那么，这些机械家伙和这个大箱子一起旅行，是不是？箱子里面装的是什么装备，汤姆？"

"实际上这里面的确是装备。"年轻的发明家回答说，"大箱子里面装的是司米卡的控制面板，阿托尔的已经运到了塞塔迪尔。"

"我明白了。"乔说，但他还是不解地摇着头。

事情都准备好以后，汤姆告诉巴德、拉德纳、斯特林和汉德森准备起飞。没有正式的仪式，几个小时后他们就到达了塞塔迪尔的上空，等待着陆的指令。

"我看到所有的无人机都在工作着。"巴德说，他看到了六架无人机在盘旋，随时可以捕捉或引导不请自来的飞行物。这些无人机还可以阻拦可能落下来的炸弹，这样可以让炸弹在天上，而不是地面上爆炸。

"我现在感到安全多了。"汤姆平静地说，他想起了第一次到这里在巷道险象逃生的经历。

"我也一样。"巴德说，"无人机让乌鸦无法接近。"

"但愿是这样，哥儿们。"

在一块巨大的预留地面上，人们用红光标出一个硬实的地方，这就是为蓝天女王着陆用的着陆加固垫。汤姆驾驶着飞机下降，小心使用喷气推举器，防止造成这些珍贵货物的颠簸。

大家从飞机上走下来，斯威夫特先生正在等着他们的到来："太好了，你们安全到达了。在琼斯和斯利姆出事后，我总是放心不下。"

"还有乌鸦在附近出现吗？"汤姆问。

"没有，但愿抓住'闪电'鲁登斯后，不再有这样的麻烦了。"

汤姆问到雷蒙德·特恩布尔的情况，斯威夫特先生摇了摇头说："他哥哥对于此事心情比较沉重，罗伯特上班的时间也不规律了,常常是在很不正常的时间来,时而会很长时间不来。"

"这件事对他产生了影响?"汤姆问。

"我想不会的。反应堆启动工作已经就绪,启动仪式在两天后举行,前提是你的机器人和分程传递器必须处于良好的工作状态。"

"爸爸,它们已经处于良好的工作状态,咱们过来见一见阿托尔和司米卡。"

汤姆带着爸爸来到飞行实验室里面的停机坪,这里站着两个巨型机器人,用绳索捆绑着,防止他们倒下。

看到阿托尔和司米卡,这个见识很广的老发明家也很惊讶。

"这个成就让我感到自豪,孩子。"他高兴地说,"我已经等不及想看看他们的工作了,明天早晨我们有一个试验。"

第二天早晨年轻的发明家在飞行实验室里的床上醒来时,沙漠烈日的第一缕阳光照进他的驾驶舱,汤姆一下子从床上跳了起来,他想去看看阿托尔和司米卡是否处于良好的状态。看到他们都完好无损,汤姆便开始穿工作服。

刚吃过早饭,塞塔迪尔的人们已经开始激动地等待了,工人们把两个巨型机器人放在控制室和通往反应堆巷道入口处,有一群工程师已经等在这里了。

汤姆指示户外人员让出试验区,工程师们向后退开,留出这个区域,激动地等待着这个试验。

"罗伯特·特恩布尔在哪里?"汤姆问站在巷道入口处的爸爸,"我以为他会来看我们的试验。"

斯威夫特先生向四周扫了一眼,耸了耸肩:"刚才特恩布尔还在这里,他会随叫随到的,也许几分钟后就会回来。"

但是这个科学家并没有出现,于是斯威夫特先生告诉汤姆,工作继续进行。

汤姆步行进入控制室,然后宣布,他将让阿托尔完成一系列的操作,例如添加反应堆等。

他让阿托尔来回走动、弯腰和伸展,接下来巨型机器人拾起一个金属棒,用他的金属手指轻松地将其弄弯。

"可真有力气呀!"一个技术员说。

"我可不想让阿托尔跟我生气。"另一个说,"他会把你变成肉饼!"

斯威夫特先生看到这个展示非常高兴。他刚想去控制室并告诉汤姆提高机器人的速度,却发现通往巷道货物电梯的门开了,但是电梯并没有在地面的位置。

"阿托尔非常可能走进去后摔倒了。"科学家心里想,于是赶紧去关门,"这是哪个粗心的家伙忘关门了?"

汤姆和巴德在控制室里看到了机器人朝着门口走去,但这时发生了一个让人没有预想的事情,阿托尔摔倒了!

"出什么事儿了?"巴德说。

"我不知道,电源还开着呐,问题可能出现在卡带上。"

汤姆有些灰心,刚要关闭控制面板,阿托尔又恢复过来了,他又站了起来,摇晃着走了几步后,开始向斯威夫特先生跑去。

技术员们向斯威夫特先生大喊注意安全,汤姆拼命操控着面板。

但是机器人好像有了自己的思想一样。

片刻，它的两条脚就把它带到斯威夫特先生身后。阿托尔先是打了发明家一拳，然后把他抓在巨大的手中。

"阻止他！阻止他！"周围的人大喊着，并冲上去救援。

汤姆在绝望中切断了电源，但没有作用，阿托尔仍旧像一个魔鬼一样。他把发明家举过头顶，来回地挥动着。

巴德从控制室里冲了出来，和技术员一起试图打倒机器人，但是机器人仍然直立着，尽管大家合力想把他推倒，但是他还能保持很好的平衡。有几个人跳起来，想够到斯威夫特先生，但谁都没能做到，机器人紧紧地抓住斯威夫特先生。

这时，阿托尔收拢双臂，抱紧无助的斯威夫特先生。这个夹钳一样的动作，汤姆知道，会把爸爸挤碎！

第二十四章　巨人间的对决

汤姆在绝望中放弃了控制阿托尔，想起来一个最后的机会：司米卡！

转过身来找到第二个机器人的启动控制面板，他搬动着各种开关，拨动转盘，这时司米卡开始行动，与第一个巨型机器人交锋。

阿托尔好像意识到有危险来临，咣当一声停了下来，放下他的猎物，松开他铁钳一样的手臂。斯威夫特努力挣脱出来后站了起来，巴德马上帮助他到达安全地带。

阿托尔转过身来，朝司米卡走了过去。两个机器人谨慎地寻找攻击的机会。阿托尔的右手攥成一个拳头，他的胳膊变成一个长矛，而司米卡双脚坚实地站在地面上。这时，阿托尔向司米卡冲了过来。

两个巨人撞在一起，发出震耳欲聋的声响，地面也跟着振动着。汤姆完全明白这种情况的严重性，操纵阿托尔后面的那只手看起来是要打一场生死战，根本不在乎两个机器人可能受伤。他一定要想出办法消除别人对阿托尔的控制，这样才能避免对两个机器人造成永久性的损伤。

阿托尔向后退去，威胁地看着对手，寻找进攻的机会。他突然改变方向，向前冲去。司米卡来了一个躲闪，但是没有完全躲开，于是被撞在脸上，损坏了控制电路，他的一条腿关节变得僵硬了。司米卡笨拙地恢复平衡，接下来又被击中了两下，打在了他眼睛里的电路。

汤姆疯了一样地努力弥补司米卡变形带来的麻烦。汤姆知道，只有司米卡取胜，搏斗才会很快结束。

他把司米卡调整到角斗技能，两个机器人都想抓住对方最易攻击的头部，撞击发出的叮当声回荡在空中。汤姆非常希望来一个战略上的决战，而不是力量的决战。现在基于计算机结构上动作原理，他可以开始使用科学战术。

现在阿托尔占据了优势，采取了肩下压颈法，然后用力一推，把司米卡抛到工厂的墙边。但是司米卡很快恢复过来，冲向阿托尔，用一只手把对手头顶的接收天线弄成短路，阿托尔倒在地上。

司米卡赢了！

汤姆打开了控制室的大门，大步走了出来，阿托尔的临时主人很可能掌控了工厂里的差转控制面板和电视屏幕。汤姆迅速越过倒下的机器人，穿过人群进入双层墙的封闭区，这里有一个远距离差转板。汤姆突然停下了脚步，巴德从过道里走了过来，步履蹒跚。

"巴德，你这是？"

"被电击了。"他的朋友大喘着气，歪靠在墙壁上，"我刚醒过来，刚被击晕了。"

"别着急，巴德。"汤姆说，"你现在怎么样？"

"没事儿了，汤姆，但你听清了。"他吸了一口气，"我有

第二十四章　巨人间的对决

一个预感，所以我就去看看有没有人在弄我们的差转面板，我刚到走廊，就看见罗伯特·特恩布尔在控制面板前！然后我就被击倒了，什么都看不见了！"

"罗伯特·特恩布尔！"汤姆大喊着，"你能确定吗？"

"完全肯定，汤姆！"

"我们一起去看看控制面板吧。"汤姆平静地说。

两个年轻人发现了一个小的二级控制面板，与主控制面板用电缆连接起来，用一个分电路就可以让操控者断开汤姆的线路，并取代他，完全架空控制室的电路。

对特恩布尔不利的证据非常充分。汤姆马上发布命令，搜索每一个房间，但这个科学家好像完全消失一样，没有找到。同时拉德纳正在召开安全和警方的联合会议，做出了行动计划。因为不知道特恩布尔下一次会攻击什么地方，所以必须采取一切可能的措施保护工厂。

"每个关键点都要安排一个关键人物负责。"拉德纳说，"斯特林应该看守大门，汉德森保卫机器人，我已经警示技术人员，要用巡逻镜做特别认真的观察。"

斯威夫特先生建议他留在控制室，需要时操纵机器人。

在大家分头做各自工作的时候，汤姆一直在深思着，他突然说了一句话把大家吓了一跳："我觉得我们没有见过真正的罗伯特·特恩布尔，我认为至少在过去几周的时间里，是雷蒙德而不是罗伯特在为我们工作。"

"你为什么这么想呢？"拉德纳惊讶地问。

汤姆回答说："这解释了斯坦·李在这里第一次试验时神秘失败的原因，而且还有敌人总是提前知道我们的计划，甚至在我们已经发现飞行实验室模型的录音机以后。"

"我同意你的想法，汤姆。"斯威夫特先生说，"雷蒙德装扮成他的哥哥，利用从你那里偷来的分程传递器，接管了对斯坦李的控制。

"那么，罗伯特·特恩布尔会怎样呢？"拉德纳问。

"雷蒙德会把他关起来。"汤姆回答说，"因为这里没有什么地方能让他藏个人，我们最好先到城里搜查一下，拉德纳。同时我可以向爸爸介绍一下机器的控制问题。"

在所有的人离开去到指定的工作地点后，拉德纳给城里的小旅馆打了电话，他向对方描述了特恩布尔的形象，问对方有没有这样的人登记入住过。对方的回答是，没有像拉德纳描述的人来过旅馆住宿。进一步检查也没有在这个小镇发现任何线索。

汤姆从机器人控制室返回来，建议巴德、拉德纳同他一起乘飞机在附近地区进行搜寻。他们在附近寻找可能藏匿的地点，平顶山的山顶有很多天然裂隙和石块，这里是开始搜寻的最合理的位置。

他们确定飞行的路线十五分钟后，汤姆再驾驶着飞行实验室升到空中。拉德纳和汤姆都坐在飞机前舱中，巴德自己坐在导航室里，很快面前展示出一个非常熟悉的景色。他们到达了平顶山。

"这里有那些'乌鸦'的老巢。"巴德叫喊着。

汤姆伸手拿起双筒望远镜，仔细扫视山顶的表面。"我们会在那里找到一些东西。"他说。

第二十四章 巨人间的对决

年轻的发明家打开了喷气推举器,引导蓝天女王顺着帕普尔平顶山下滑,采用一个非常规的角度接近平顶山。

"喂,你们看看那个!"巴德半信半疑地大叫着。

在他们的正前方,是一个天然洞穴的入口,前面有一个大石块挡在那里。洞穴的开口上方是一个突出的大石块,上面停着一架小型的黑色直升机。在汤姆和大家还没有来得及确定行动路线时,一大群机器乌鸦从洞穴里飞了出来,在飞行实验室上方排好了阵势。

一只乌鸦离开它们的梯形列队,呼啸着朝着大飞机的中部俯冲下来。巨大的冲力让飞机的机身摇晃了一下,但是乌鸦撞在蓝天女王的托马塞特表层后四分五裂。其他的乌鸦成群发起攻击,撞在蓝天女王的机翼和机舱上,大飞机有些颤抖,但仍然很稳。又一群机械乌鸦如同导弹一样,以很高的速度从洞穴飞出,很快他们撞在飞机上,把自己撞得粉碎,攻击一开始就等于结束了。

"也许是他们的乌鸦用光了,也许他们不想再浪费乌鸦了。"汤姆说。

"我想他们把所有的一切都扔出来砸我们了。"巴德说,"现在该轮到我们了。"

拉德纳接近控制面板,让飞机漂浮在悬崖的边上,汤姆和巴德放下绳梯,小心地下到岩石上。汤姆小心翼翼地进入洞穴里,巴德跟在后面,洞壁由石灰岩构成,里面镶有白炽灯,给洞里照明。两个年轻人顺着灯光继续向里面走,很快来到一个通道口。再走一会儿,有一个很大的电子控制面板架。

"看起来好像是一个发射器。"巴德小声地说,"但其中的有些部分像你的分程传递器。"

汤姆没有表情地点点头，示意继续往前走，经过控制面板后，他们进入到一个很大的不规范的大洞，里面三分之一的空间都摆着柴油机、发电机和汽油罐。工作台上都是用来组装机械乌鸦的各种部件。

"乌鸦的老巢，真让我说对了！"巴德小声，"布局很合理呀，但他们怎么把这么多设备弄到这里来的呢？"

"我认为他们把机器拆开，用直升机运到这里。"汤姆说，"但乌鸦的主人哪去了呢？就是派乌鸦攻击我们的那个人。"

"你认为这是一个陷阱？"

"我们很快就知道了，巴德，接着往里面走，做好迎接麻烦的准备。"

离开设备区后，他们进入到一个没有出口的房间，正好跟特恩布尔兄弟撞了个面对面。

一个站在那里，显然是一个是胜利者，抱着膀，眼神粗野，洋洋得意；另一个，面色苍白，被拴在洞里的墙上。他们前面的桌子上是一个形状有些奇怪的机械物件。面对这样的场面，汤姆不相信自己的眼睛。

几分钟内，他们都没有任何活动，汤姆走向这个被拴的憔悴的人。

"罗伯特。"他温和地说，"我是汤姆·斯威夫特。"

这个人用请求的眼神抬起头看着汤姆。"你最好不要来这里。"他吸了一口气说。

"为什么呢？"

罗伯特拉了拉拴他的绳子。"汤姆，"他发狂一样地提示他说，"我的弟弟计划毁掉原子能电厂,干掉你和你爸爸。"

雷蒙德高兴得眼睛都闪光了。"我会把你们全都毁掉——斯威夫特一家,还有物理学家!我要摧毁原子撞击器,哈!这是非常好的,我要把塞塔迪尔还原为原子,变成什么都不存在,只有原子。"他威胁地向汤姆走了过来,"原子能电厂已经是废墟了,斯威夫特,热反应堆已经受到了破坏,我已经完成了这个任务,再过六小时,它就会爆炸!"

汤姆侧眼看着巴德,平静地说:"可是你的计划中犯了一个错误,教授!"

巴德马上理解这个密码短语的意思——抓住这个家伙!在雷蒙德伸手去取桌子上的机器开关时,两个年轻人靠近他。

他叫喊着:"如果我拉动这个开关,这个山洞就会爆炸,我们会一起完蛋。"

第二十五章　阿托尔的胜利

在雷蒙德伸手取控制面板时，汤姆和巴德冲向他。雷蒙德在叫喊中被打倒在地，差一点就拿到那个致命的开关！几分钟过后，两个年轻人把他制服，汤姆找到钥匙，放开了罗伯特·特恩布尔。

"我们的时间不多了。"汤姆说，"快赶回工厂！"

他们半推半拉着不想往前走的雷蒙德走出了山洞，来到外面的一个岩脊。巴德帮助罗伯特登上通往蓝天女王的绳梯。为了节省时间，汤姆让拉德纳放下一根钢丝，他把雷蒙德绑在铁链子系在钢丝上。这个科学家被拖上飞机，对周围的人瞪着愤怒的眼神。

汤姆很快登上了绳梯，拉德纳操作控制面板，飞行实验室以最快的速度向塞塔迪尔飞去。汤姆和巴德在飞行实验室的大厅里见到特恩布尔兄弟。

"雷蒙德。"汤姆问他，"你是怎样破坏工厂的？"

"噢，这是需要天赋的。"他咯咯地笑了，"哈哈，只有我才能想出这样的办法毁掉你们宝贵的塞塔迪尔！"

汤姆的忍耐到了极限。"什么方法？"他大喊道，"通过破坏减速棒库吗？"

第二十五章　阿托尔的胜利

"太粗糙，太粗糙了！"雷蒙德得意扬扬地说，"我已经打败你了，汤姆·斯威夫特，这就是我所做的一切，我真的把你打败了。"

突然雷蒙德大喘着气，瘫软在地上，失去了意识，汤姆和巴德取下他的手铐，把他抬到床上。

"他会昏迷几个小时的。"罗伯特说，"自从他的大脑出现问题后，他时常就会发作。"

"这样他就无法及时告诉我们如何挽救工厂了。"巴德大声说。

"他也许已经告诉我们了。"汤姆边思考边说。

"你的意思是？"罗伯特问。

"我现在还不能确定，但我们不能冒险，我先和爸爸通个无线电，让工厂的人员撤离。"

接到汤姆的信息后，塞塔迪尔立即准备撤离工作，斯威夫特先生负责有序撤离。

刺耳的警报声响遍了后备区，所有人员很快从大楼内和宿舍内撤空。卡车和拖车排在大门口，上面很快装满了人，安全人员登上了吉普车，迅速到达外部实验区接走零散人员。

四十五分钟后全部撤离，斯威夫特先生开着卡车最后一个撤离，他发出出发的指令，车队开始向门口前进，然后开始加速。很快，这支队伍以最快的速度在荒无人烟的大地上前进，排起了8千米的长队。

大家撤离后不久，拉德纳把蓝天女王垂直降落在距主楼几百米的地方，喷气推举器向下面的沙子喷出气体，把沙子变成了玻璃一样的物质。飞机直接滑行到混凝土结构的反应堆。巴德和汤姆从飞机上下来，冲向入口。他们突然停了下来，红色指示灯已经亮了。

"反应堆已经启动!"汤姆大声说,"雷蒙德一定使用了定时器启动,我们无法接近那个炉子了,如果想救这个工厂,阿托尔必须开始工作!"

他们朝控制室跑去,斯威夫特先生已经做了准备,让控制面板处于待机状态,这样就可以省去启动时间。汤姆指挥阿托尔向坡道走去。机器人进入巷道。

控制室中的电视屏幕显示着通过机器人"眼睛"传来的画面,可以看见他停留在昏暗的地下通道里。汤姆看着屏幕,这里显示出原子反应堆的外口。汤姆孤注一掷,在阿托尔进入反应堆外口后启动控制器,把门关上。机器人迈着大步通过反应堆正下方的厚厚地基,爬上通往原子反应堆的斜坡,通过增值反应堆,然后来到了反应堆的前面,面朝蜂巢墙。

然后,汤姆发出指令,巴德把详细的指令卡带送进控制面板。在等待机器人进入工作时,汤姆向巴德解释了自己的直觉。

"雷蒙德提到'打败'我时,让我产生了一个想法,反应堆需要添加铀238棒,这种东西不会裂变的。在反应堆里面,有一部分铀被慢慢转化为钚。那么,给反应堆添加含有高浓度的钚棒,就可以在减速材料有机会熄灭反应前引起爆炸。我认为他已经加上含有钚的金属棒了。"

"但你怎么能知道哪个有钚棒呢?"巴德提出问题,"在屏幕上看起来都是一样的。"

"假的钚棒的重量是不同的。"汤姆回答说,"阿托尔的手指关节对于压力非常敏感,通过对比不同的钚棒的重量,他能找出来这个炸弹。"

第二十五章 阿托尔的胜利

"这得需要好几个小时呀!"

"这就得看机会了,巴德。"汤姆平静地说,"把两个压力比较卡带放进去。"

巴德从盒子里取出打了孔的卡带,然后绕到金属"读卡"针上。汤姆发出基本的动作指令,阿托尔开始从炉子里取出钚棒,做详细的比较。

这个过程重复着,几个小时过去了,指令卡带突然断了,时间本来就宝贵,又浪费了时间。汤姆一直盯着屏幕,眼睛疼痛,手指在控制面板上也变得麻木了。

"还有不到一个小时了!"巴德沉闷地说。

汤姆疲惫地点点头,这时他突然大叫起来:"他找到了!就在他正比较的两块中,它们重量不同,现在我只需要把它们和已经检查完的进行比较就可以了。"

"重量不对的就是那个假的,对吧?"

"是的,就是这个。"汤姆高兴地说。

查找的工作已经完成了,还有一个同样重要的操作需要完成,那就是把这个小型的原子弹进行拆解和稀释。这个工作无须卡带,由汤姆手工操作,他慢慢地操作,操控需要非常小心。阿托尔像一个老练的化学家一样拿起曲颈瓶和一些试剂,它用惰性盐把它稀释到安全的浓度,就这样时间已经过去了半个多小时。

塞塔迪尔得救了!

"你成功了,哥们,你成功了!"巴德叫喊着,拍着朋友的后背。

汤姆放松地喘了一口气,然后说:"但我还有事要做,巴德,阿托尔还要把抑制棒放进反应堆,只有把这个放进去后,反

第二十五章 阿托尔的胜利

应堆的速度才能慢下来,我需要有人给我照看一下。"

汤姆操作控制面板,巴德和拉德纳回到蓝天女王上去找斯威夫特先生和车队。三个小时后,塞塔迪尔恢复了全部的活动。

在工厂正式启动前几天的日子里,罗伯特·特恩布尔向斯威夫特先生简要地介绍了他弟弟从布莱克斯通逃出来后的活动。他确认了汤姆的假设:雷蒙德偷了分程传递器,用它干扰了汤姆对斯坦·李的控制,而且他全面掌控了阿托尔,雷蒙德在慌忙搬运乌鸦的可移动控制器时,把银行金库大门的定时设备落在了斯威夫特企业集团的棚屋里了。

警察根据罗伯特的线索,搜捕到在毕金团伙手下工作的所有的人,包括那个假魔术师,他曾经想雇佣特索卡。团伙中有一个承认自己驾驶喷气飞机向塞塔迪尔扔下了一枚小炸弹。另一个人承认自己偷偷地溜进运输飞机,控制了琼斯和他的机组人员。

塞塔迪尔启动仪式的这天终于来了,汤姆安排菲利斯、桑迪、乔和他的母亲,还有来自斯威夫特企业集团的官员们一起乘飞机出发去塞塔迪尔,政府高官、陆军和海军的代表,以观察员的身份也都来到了现场。

观众们坐在一个大的屏幕面前,汤姆和爸爸走进控制室,斯威夫特先生启动控制臂开始工作,然后把控制权交给了一个技术员,他的儿子在给阿托尔的控制面板输入指令卡带。通过汤姆发明的摄像机眼,观众们看到核熄灭棒进入到反应堆,平缓地控制着连锁反应。

汤姆和爸爸从建筑物里面走了出来,加入到观察的人群中。"彻底成功了!"巴德激动地大声说。

"噢,汤姆,我为你骄傲!"菲利斯说。她的眼里透出高兴的光芒。

斯威夫特夫人看着丈夫和儿子更是高兴。

政府官员们在精彩地演讲，高度赞扬斯威夫特父子的工作，指出这是医学、工业和国际事务中的重大进步，反应堆使这一切变成可能。

"你看到阿托尔了吗？"桑迪问。

汤姆有些遗憾地解释说，现在有放射活性的机器人不能离开混凝土结构中的反应堆了，他必须永远待在他曾经拯救过的工厂里面。

"我猜想，在这里他一定会非常高兴，这是他的家。"乔说出了自己的想法，"而且他还可以用这个炉子给自己做饭！"

"你的聪明脑袋下一步想做什么呢，汤姆？"巴德笑了一下问。

汤姆也笑了，耸了一下肩，此时他还没有意识到他下一步想做的是"原子能地球爆破工"，这将是他生命中一个最神奇的探险。